BBC DOCTOR WHO

The Silent Stars Go By

寂静星辰飞过

（英）丹·阿布尼特 / 著

徐明晨 / 译

新 星 出 版 社　NEW STAR PRESS

DOCTOR WHO: THE SILENT STARS GO BY by Dan Abnett
Copyright © 2011 Dan Abnett
This edition arranged with Ebury Publishing
through Big Apple Agency, Inc., Labuan, Malaysia.
Simplified Chinese edition copyright:
2017 Chengdu Eight Light Minutes Culture Communication Co.,Ltd.
All rights reserved.
本书由BBC授权八光分文化以简体中文版独家出版发行

图书在版编目（CIP）数据

寂静星辰飞过 /（英）丹·阿布尼特著；徐明晨译. —北京：新星出版社，2018.1
ISBN 978-7-5133-2670-4

Ⅰ.①寂… Ⅱ.①丹… ②徐… Ⅲ.①科学幻想小说－英国－现代 Ⅳ.①I561.45

中国版本图书馆 CIP 数据核字（2017）第297739号

寂静星辰飞过

（英）丹·阿布尼特 著；徐明晨 译

责任编辑：	汪　欣
特约编辑：	姚　雪
责任印制：	李珊珊
装帧设计：	付　莉

出版发行：	新星出版社
出 版 人：	马汝军
社　　址：	北京市西城区车公庄大街丙3号楼　100044
网　　址：	www.newstarpress.com
电　　话：	010-88310888
传　　真：	010-65270449
法律顾问：	北京市大成律师事务所

读者服务：	010-88310811　service@newstarpress.com
邮购地址：	北京市西城区车公庄大街丙3号楼　100044

印　　刷：	北京利丰雅高长城印刷有限公司
开　　本：	889mm×1194mm　1/32
印　　张：	9.5
字　　数：	120千字
版　　次：	2018年1月第一版　2018年1月第一次印刷
书　　号：	ISBN 978-7-5133-2670-4
定　　价：	52.00元

版权专用，侵权必究；　如有质量问题，请与印刷厂联系更换。

目 录

BBC Doctor Who / The Silent Stars Go By

楔　子 001

苍凉隆冬中 007

无事令你沮丧 019

汝若知，则言 029

尽管霜雪严酷 039

经年的希望与敬畏 053

又深又脆又平坦 071

夜空中的群星 083

乃是露宿荒野的穷苦牧人 099

夜越发暗淡 119

山峦之下 131

我们土地的创造者 161

夺目奇景在远方 183

夜晚月光明亮闪耀 209

生而为哺育这片土地的子民

生而为给予他们又一次生命 235

如今肉身显现 263

指引我们进入你的完美圣光中 275

永伴我身边 283

于汝无梦沉睡中 291

致　谢 295

献给乔治

美哉小镇伯利恒,
汝何等安宁祥和。
于汝深沉无梦夜空中,
寂静星辰飞过。
然于汝幽暗街衢中,
闪耀永恒光芒。
经年希望与敬畏,
今夜于汝地聚集。

——《美哉小镇伯利恒》,往时地球颂歌

楔　子

那天清晨，在向导[1]之钟敲响之前，在太阳升起、带来光和热之前，维斯塔就早早地起了床。她在黑暗之中穿上衣服：羊毛衫、衬裙和罩裙、一顶帽子、两条披肩，还有贝尔为她缝制的手套。天非常冷。她能感觉到自己的鼻尖与双颊已经冻得通红，双眼泛泪，呼向阴霾之中的白色雾气清晰可辨。

严寒的天气，凛冽刺骨。这是一种带着杀伤力的寒冷，不管比尔·格荣[2]或是其他人怎么说，一切并没有好转的迹象。冬季理应过去，而不是愈发严酷。维斯塔活了十八年，直到三年前才见到白雪皑皑的冬季。自此之后，一年寒过一年。

她从挂钩上取下外衣，即便戴着手套，双手仍然麻木。拂晓黯淡的光线在白雪的映照下显得亮了一些，在漆黑的门厅弥漫开来。借着微光，她寻到了她的靴子、小锅子和前一晚摆放好的一束温室花朵。她也看到了那根杆子，一根将近两米长的强力好用

---

[1]. Guide（向导）是God（上帝）的变音，用法也相同。
[2]. 格荣（Groan）有"叹息"之意。

的修枝钩。这并不是适合修枝的季节,但她还是把它当作常备工具,因为贝尔说过,下脚之前还是先知道雪的深度比较好。积雪改变了景致,掩盖了坑洞。你很有可能会失足跌倒,甚至消失不见,或是扭伤脚踝,在长时间的孤立无援中受冻而死。

所有人都被告知不要单独出行,特别是在早上或夜里。总有传言说,树林里潜伏着什么东西。也有人杜撰出故事来吓唬小孩儿。维斯塔有正事要做。老家伙们混淆视听的护犊之举是吓唬不了她的。

她在挂钩上方的标签上看到了自己的名字:哈维斯塔[1]·弗拉瑞什[2]。边上一个,是贝尔的名字;再边上,是一个闲置的挂钩。贝尔不是感情用事的人:她更年长,也更聪明。无论如何,维斯塔·弗拉瑞什不能让这一天就这么过去。

强斯·普劳莱特[3]给他们所有人的靴子都加了全金属的防滑钉。比尔·格荣,也就是当选者,准许强斯用剩下的船壳来做这些防滑钉,而那些材料也已经所剩无几了。维斯塔曾希望,当她醒来后,可以不必用到它们。

可她还是用到了。

---

[1]. 维斯塔是哈维斯塔的昵称。
[2]. 弗拉瑞什(Flurish)有"繁荣兴旺"之意。哈维斯塔·弗拉瑞什(Harvesta Flurrish)直接理解就是"丰收兴旺"。
[3]. 普劳莱特(Plowrite)有"开垦正确"之意。强斯·普劳莱特(Chaunce Plowrite)直接理解就是"碰巧开垦正确"。

夜里又下了雪，覆盖了前些天留下的积雪。万物重新裹上一层松软的银装。

院子里，天仍是夜空蓝，那是贝尔双眸的颜色。破晓的光芒扫向群星。"旁处"那些留着雪胡子的屋顶和烟囱，在蓝色夜空下更显漆黑。远处光秃秃的树丛，还有稳定场宽广隆起的高原亦是如此。一缕缕蒸汽从稳定场顶端的排气口升腾而起，在钴蓝色的天空中白得耀眼。它们在高度上比周围的一切都有明显的优势，因而也最先捕捉到黎明的曙光。

维斯塔打开太阳灯，往杆子上一挂，开始走了起来。她的金属防滑靴嘎吱作响，修枝杆戳在雪上探着路，另一只手提着罩裙的褶边。院子里的狗吠叫着。弗拉瑞什的宅邸后面，牛棚里的那头牛哞哞地叫着。

她沿着"旁处"外的北巷走着，路过水井，一直往坐落于二号稳定场阴影处的"将林"走去。

一路缓行。脚下的路，每一步都让你深陷其中，难以跨越。维斯塔的双腿开始酸痛，于是她停下休息一会儿，俯身看见流向秋日磨坊的溪流，在夜昼交替时分，如玻璃一般冻结住了。

抵达"将林"的时候，她意识到自己可能无法在向导之钟敲响上工钟声之前回到"旁处"了。她决定工作到入夜以后来弥补这个问题。维斯塔知道种植区的人会原谅她。每年有那么一次,他们会通融她一两个小时。

"将林"非常安静。树木像是覆盖了积雪、沉默不语的雕像。秋季带走了它们的叶片,而冬天让它们弯下了黑色的枝干。维斯塔的太阳灯开始闪烁,能量耗尽了,然而天色已渐渐明亮起来,蓝天白雪被阳光染上了粉色。

独自在幽静中走着,有那么一瞬,她感觉似乎有人跟着自己。但除了沉寂的一切和她的想象,四周别无他物。

纪念场位于"将林"的中心,是多年前被选出来的一块幽静之地。耐心被誉为莫芬人最伟大的美德,而沉睡于此的都是其中的佼佼者。一块块石碑标记出每一个埋葬点,每一块石碑上都刻有名字,就像弗拉瑞什家后厅那些钩子上的标签。

这里有弗拉瑞什家的人,世世代代错落于其他莫芬人家庭之间。维斯塔的妈妈很早之前就离世了,那时维斯塔还不记事。她就躺在这里,而维斯塔总会向她的石碑轻柔地问好。

但维斯塔是为她爸爸来的:泰勒·弗拉瑞什,被一场发烧夺走了生命,已离世四年了。他预见了寒冷季节的到来,向家人表达了他的担忧,却未能活着亲眼看见冰雪。薄薄的棺木犹如冻僵的毯子,维斯塔很想知道他在地底下是否感受得到这份寒冷。他或许太担心他的两个女儿——维斯塔和贝尔——也太担心她们将要面对的未来。

维斯塔在墓前蹲下,掸去石碑上的雪,以便看清上面的名字。她取出带来的花儿,插进爸爸墓旁的罐子里。算起来今天是他的生日,因此在道过一声生日祝福后,她才开始聊起近况以及一些工作上的小事。

远方的"旁处",向导之钟敲响了。

维斯塔朝向导点头低语了几句,并请求向导照看好她的爸爸,然后起身开始往回走。

星星仍在闪烁。沿着西边远处树林光秃秃的轮廓望过去,有一颗星星似乎正在移动。

维斯塔驻足观察。有传言说到过会移动的星星。连贝尔也曾提起,她亲眼见到过一颗。很多人说这是凶兆,预示着严寒将会带来的危险,但这仍是个谜。星星理应不会在冬季黎明的黑暗中慢慢划过。

悄声无息地,它缓缓消失在一片树林之后。维斯塔急匆匆向前,看能否再瞥见一眼。

就在那个当口,她发现了脚印。

她几乎就走过了。然而它们在积雪里如此之深,黑洞洞的影子仿佛沥青一般。脚印从北边贯穿了"将林"的中心地带,一直通向三号稳定场。

这是她见过的最巨大的脚印,甚至比杰克·达格特[1]穿上丁

---

1. 达格特(Duggat)有"挖掘"之意。

作靴再套上金属防滑鞋以后留下的脚印还要大一些。不光脚印的尺寸惊人,迈出的步子也大得令人咋舌。

维斯塔盯着看了一会儿。她绞尽脑汁,试图解释眼前的状况。或许那些是已经开始融化的脚印,所以尺寸才会变大。

但它们应该都是新留下的。几个小时前才下的雪,刚开始的白昼根本来不及让它们融化。离镇子那么遥远的北边,除了她,没有人在此出没。脚印形状清晰,她可以辨别出脚跟和护趾垫的轮廓。

不久之前,一个庞然大物穿过了这片寂静的树林。要是她早那么几分钟从爸爸的墓前动身离开,或许就会遇到它。它也许会经过她回程的路。

维斯塔·弗拉瑞什害怕极了。她的双手颤抖,却不是因为寒冷。"旁处"看上去远在天边——如此遥不可及,一时也逃不过去,即使求救也很难有回应。她甚至不想穿过那串脚印逃回家里。她觉得自己不应该那么做,就好像那庞然大物能够感知到她穿过了脚印,然后转过头来追她似的。

她掉头开始往纪念场的方向跑。太阳尚未完全升起的那个当口,回到父亲身边似乎是最佳选择。

可是有东西正在林子里等着她,闷声吠鸣着,仿佛被拴住的猛犬,血红的双眼映着晨曦的微光。

有些东西,生来嗜杀。

苍凉隆冬中

"那可真是……"透着一丝难以抑制的惊讶,艾米说道,"一个完美的着陆。"

"由衷感谢您的注目。"博士应声说。带着一股风琴大师在完成职业生涯重要表演后关上乌利泽[1]宝器的兴奋劲儿,他微笑着将一排控制开关拨到了"关闭"的位置。

"我们怎么斜掉了呢?"罗瑞问道。

"斜掉了吗?"博士一边用手绢擦控制台的玻璃,一边问。

"很明显,"罗瑞确信,"斜向一边了。"

"并没有。"博士说。

"站直了看看。"艾米提议。

他们全都站好,开始比较自己与护栏立柱之间的相对位置。

"啊……"博士吱声了。

"是'略斜'。"他不得不承认,"或许并没有我最初想象

---

1. 著名风琴制造商、乐器制造商,创造了世界上第一台立式钢琴。

的那么完美。"他又补充道。

"'有点斜'?"艾米问。

"好吧,怎么说都是'略斜'。"博士回答着,沿楼梯扶手滑下,来到了塔迪斯的主甲板。

罗瑞问:"我们现在可以凭空造词了?"

"我认为那是既定用词。"艾米说。

"瞧,这不重要,"罗瑞跟着艾米沿控制室的楼梯往下走,"这个'斜掉'[1]的问题,没什么好抱怨的。"

"是'有点斜'。"博士和艾米异口同声纠正他。

"无所谓啦,"罗瑞说,"那没什么好抱怨的。我并没有抱怨。随便你怎么斜。我只是想确认我们是否到了正确的地方。我们当然可能正斜在正确的地方。没关系的,只要我们在正确的地方。我们在正确的地方了吗?"

博士停在塔迪斯门前,向罗瑞转过脸,安慰地拍拍他的肩。两人四目相对。

"罗瑞·威廉姆斯·庞德。"博士说道。

罗瑞说:"不是这个名字。"

"罗瑞·威廉姆斯·庞德,我是不是答应过你,圣诞节要让你回家过?"

---

[1] 这里罗瑞用的是leaning,有"性癖"之意。

"是的。"

"圣诞节让你回家,回到地球上……"

"没错。直接回到利德沃斯,在格罗斯特的……"

"哦……小伙子,"博士责备道,"细节,注意具体细节。回家过圣诞——是这么说的,没错吧?"

"没错。"罗瑞不得不同意。

"回旋的余地是不是太大了点?"艾米问他。她正将靴子和粗呢大衣往身上穿,"我是说,他都不能保证精确到哪一条街,具体是哪一年的圣诞节就更加模棱两可了。"

"噢!我都没想到这一点……"罗瑞开始呻吟。

"回家过圣诞是我承诺的,"博士继续澄清,"回家过圣诞是我要办到的,即使最终结果会有那么些'斜掉'。"他往艾米那边看。

"我们要穿粗呢大衣吗,庞德?"

她正在扣牛角扣,回答说:"拜托,那可是在圣诞节啊,而且是在利德沃斯,很冷好吧?"

"说得在理。"博士说道,看起来若有所思。他捏了捏领结,就好像是在给一个恒温控制器加大功率。

"我应该有一件毛皮大衣,"他努力回想,"很大一件,非常保暖。我琢磨着,去哪儿了呢?"

艾米瞥了一眼罗瑞,"你就穿毛衣?"

"对。"他拉上了拉链。

"你对我就这点信心?"

"希望越大,失望越大。"罗瑞说。

博士打开门。一股冷气拂上他们的脸庞,就像是有人打开立式冷柜,带出了一阵清冽的微风。

"哇哦!"艾米惊叹不已。

"瞧瞧,有点信心好吧。"博士露出微笑,深吸一口气,说道,"你几乎可以听到雪橇铃响叮当。"

他们跨向门外,走入了完美之地,新下的雪足有半米深。天空呈现出无与伦比的蓝色,阳光放肆地照耀一切。点缀着它们的,是覆盖着积雪、宛如雕塑的寂静树林。

"真是太美了。"艾米凝视着眼前的景象,微笑着说。

"略圣诞,是不是?"博士附和着。

"有点圣诞。"艾米说。

"太棒了。"罗瑞说,"我想这儿不是利德沃斯,但这里太棒了。"

"这里当然是利德沃斯。"艾米说,"那就是利德沃斯郊外的树林。你认识的,不就是那片树林吗?"

"真的吗?"罗瑞反问,"听……"

艾米问:"听什么?"

"仔细听。"

他们静下心来听。

"我什么都没听见。"艾米说。

罗瑞眯起眼睛,重重地点了一下头。

"这并不能说明什么。"艾米说。

"没有车?没有……鸟?"罗瑞问。

"现在还早,"艾米说,"今天是圣诞节。"

"现在已经不太早了。你看看太阳的位置。"

"也许道路因为大雪封闭了。"

"雪并没有那么大。"

"这里一定是通车之前的利德沃斯。"艾米坚持道。

"所以说,这里不是那个正确的利德沃斯。"罗瑞说。

艾米抬脚往博士的方向走去,橡胶靴带出一团团雪花。

"告诉他,我们来对地方了!"她仍在坚持。

博士正在检查塔迪斯。蓝色警亭降落在厚厚的雪上,倾斜产生了偏角,导致它并不能够完全垂直站立。

"我们并没有降落在平地上,"博士说,"这就解释了倾斜的问题。没关系,这样倾斜着还挺俏皮的。可以说是,斜得很有风格。"

"告诉他,我们来对地方了。"她重复道。

博士转向两人。

"噢,我们当然来对地方了!"博士宣告道,"毫无疑问!就是这个地方没错!我们可以说是实打实地来到了圣诞之中。圣诞完完全全包围了我们!正中圣诞靶心!能感觉到吗?能体会到吗?满是肉馅饼和白兰地奶油酱,蜜饯果品和烤火鸡!有金箔点缀,有圣诞颂歌,还有彩球和蛋酒[1]!真是……"

"这里是地球上的利德沃斯2011年的圣诞节吗?"罗瑞问。

博士举起一根手指,若有所思地撅起了嘴,环顾四周。

"我们来探明真相。"他下定决心,大步流星地走了起来。

"如果不是的话,"博士侧过头对他们说,"我只是说'如果',如果不是的话,那么塔迪斯至少已经把我们载到了全宇宙最有圣诞范儿的圣诞场所,这可是很了不起的啊,任何形式的冷嘲热讽都会显得太过分了!"

"从头到尾都是在瞎胡扯。"两人赶紧疾步跟上,罗瑞忍不住对艾米嘀咕。

"或者是例行公事。我都见惯不怪了。"她回答。

他们开始穿过树林爬上山坡。强烈的阳光照射在未被碰触过的新雪上,十分耀眼,大家不得不眯起眼。行路艰难。艾米一个趔趄,差点摔倒。罗瑞暗笑不已,然后他便摔倒了,甚至还往下滑了一点。艾米大笑,伸手拽了他一把。博士继续径直爬上山

---

[1]. 英国的圣诞晚餐通常包括白兰地奶油酱、面包酱、圣诞节布丁(或葡萄干布丁)、蔓越橘酱、烤火鸡、烘焙蔬菜和填馅类食物。

坡,挥动着瘦长的双臂保持平衡,欢快地唱着"我看见三只船儿驶过来"[1]。

"快点!"他大喊着鼓励他们,"冲上来!"

"我们连站都站不起来,"艾米大声疾呼,"更不要说什么三船共进了!"

"快上来!快点!"博士大喊。

终于,他们在坡顶与他会合了。阳光明媚,一切尽收眼底:林地、田野、丘陵、山脉、旖旎的雪景,平和安宁,无比静谧。

"真是震撼人心。"艾米说。

"的确。"罗瑞表示同意,"确实如此。当然啦,这儿不是利德沃斯。"

"不是。"博士说。

"除非利德沃斯以前也是这样的,我想想,在九世纪?"罗瑞说。

"九世纪就有那样的山?"艾米问。

"平心而论,这里根本没半点利德沃斯的样子,是不是?"罗瑞问道。

"对,可你看看这美景。"博士说。

他们被迫接受了这景色实在非常秀丽的事实,一起满心赞叹

---

1. 英国传统圣诞颂歌,源于十七世纪英格兰德比郡。

地欣赏了一会儿。

"那下面是有座村庄吗?"艾米问。

"那些山,显得颇有一些诡异。"罗瑞说。

"村庄?"博士问道。

"那边,那些树的后面。"艾米指出方位,"那儿,看到了吗?我想大约在一英里开外?"

"我想你是对的。"博士说。

"那些山,"罗瑞继续说,一边抬手遮挡强光以保护双眼,"非常奇怪。"

"是的。"博士说,"那是因为它们不是山。反正我认为它们不是山。来吧!"

他开始找路下山。

"你要去哪儿?"艾米想要叫住他。

"什么意思?你认为它们不是山?"罗瑞问。

"我们要去拜访村庄!"博士宣布,"我是说,既然我们已经来了!我们说不定会受到一个可爱的略圣诞的迎接!那可就不虚此行了,不是吗?"

罗瑞和艾米面面相觑,一起望着博士。

"你刚才是什么意思?"罗瑞重复道,"你是说,它们只是略微像山?"

"快点!"博士大喊着,冲向坡底的同时张开双臂,"让空气充满你的肺!啊啊啊啊啊!品味新鲜空气的味道!为一大波圣诞节布丁备足好胃口!"

艾米摇了摇头,跟着博士往下冲。罗瑞顿了顿,把羊毛衫的拉链一直拉到最高。

"你猜怎么着?"他说,"这儿真的是太冷了。"

艾米召唤:"快点!"

"你穿着粗呢大衣,当然没事。"罗瑞说,"我是说,这儿非常漂亮,毋庸置疑。但这儿好冷,而且非常……死寂。周围什么也没有。如此静谧安宁,并且……苍凉。"

博士迅速转过身来,动作夸张地指着罗瑞。

"正是!一个苍凉的隆冬,尽管酷寒霜冻,但不正是你期望拥有的真正具有圣诞氛围的圣诞节吗?那就让我们尽情体验吧!"

"我能不能先回去穿件外套?"罗瑞问,"拜托啦!这儿真是太冷了。如果这是胜过所有圣诞节的最具有圣诞节氛围的圣诞节,那我想在好好享受的同时别被冻死了。"

"他已经冻得发紫了。"艾米说。

"我只要两分钟就好,"罗瑞说,"我保证。"

博士微微一笑。

"当然。我们会在这儿等着。我们会很享受这儿的风景。这儿的风景,正如你们都认可的那样无与伦比。"

博士从口袋里掏出塔迪斯的钥匙抛给罗瑞。罗瑞利落地接住,竖起两根食指。

"两分钟。"他重复了一遍,便朝身后的斜坡直奔而下。艾米和博士又转身凝视起眼前美丽的景色。阳光非常耀眼,艾米将手套当作帽檐,高举在眼前。

"你刚才说那些山,是什么意思?"她问道。

"自言自语罢了。"博士说。

长久的停顿。

"他会没事的吧?"她问道。

"他只是赶回去取件外套。"

"我们应该跟他一起去的。"她说。

"我想他有能力自己取件外套。"

她瞥了他一眼。

"我们应该待在一起。"她说,"别不以为然。我们不知道我们在哪儿,刚才还分开了。我跟着你不会有事,但他就得靠自己了。你说我们之中哪一个会遇到麻烦然后需要援救?来啊,回答我?"

博士缩起下巴,转过身来小心翼翼地迎上她的目光。

"你在暗示说,"他问道,"待会儿我们可能会不必要地大吼大叫,奔走逃命?"

艾米点了点头。

"好吧，我们过去陪着他。"博士说。他们转身上坡，回去找罗瑞。

他们突然停住脚步。

六个壮汉站在他们面前山坡的顶部。为抵御严寒，每个人都穿了好几层厚重的深色衣服。他们戴着层层兜帽和并指手套，穿着防滑雪地靴，举着沉重的农具：耙子、锄头和草叉。艾米不禁留意到，那些人严肃而警惕，目光逼人！

"这就是我们所期待的可爱的圣诞范儿的迎接么？"艾米嘀咕道。博士看上去有些不自在。他注视着那些以极不友好的手持长矛姿态指向他们的重型农具。

他张开双臂，表现出一种开放友好的姿态，向前迈出一步。

"锄头？"他试着说。

无事令你沮丧

罗瑞一边走出塔迪斯,一边往手上戴一副厚手套,这与他借来穿的大衣还挺搭配的。他小心翼翼地将塔迪斯的门锁上。"艾米?"他喊着,向他们走过的方向进发。"博士?"肯定是这条路。他可以看到三道足迹,外加第四道他折返时留下的。积雪完美无瑕,除了他们的脚印,没有一丝一毫破坏的痕迹。

"艾米?博士?"

罗瑞回到了他们欣赏风景的那个山坡。他停下来,放眼望去,没有博士或是妻子艾米的任何迹象。

罗瑞一开始并没有特别担心。他已经挺习惯了,类似的这种情况经常发生。美景当前,人们很容易被吸引,四处游荡。他们嘴上说会等你,而实际上并没有等(在他看来,他们的许诺简直毫无价值。他有一次可是在差不多同一个地方等了好几千年)。当你开始准备另辟蹊径时,人们往往会在不经意间发现更有趣的东西。考虑到这种情况,就同样很容易想到也许博士和艾米就躲在附近的树丛后,正熟练地捏着一个个雪球,准备好迎接他。

"艾米?"

罗瑞开始四处搜寻。他正考虑要不要先发制人,自己先捏个雪球。

他看见了足迹,是博士和艾米的脚印,稍稍下了一段坡,然后又重新折返。坡顶的区域,有一大片从山的另一面过来的脚印,显然也朝那个方向离开了。

罗瑞开始产生了一丝担忧的情绪。

"还是可以有完全合理的解释,"罗瑞告诉自己,"他们遇到一些好客的人,于是跟着走了。一些……唱圣诞颂歌的。他们一起去唱颂歌了。"

他并未停下来思考这一说法中的逻辑漏洞,而是动身追踪这些足迹。他走了不过十分钟。他们可能走多远呢?几分钟之后,"足够远到不见人影"成了显而易见的答案。罗瑞更加担忧了。穿着厚重的大衣,又努力在积雪中跋涉,他居然觉得少许暖和了一点。他决定停下来缓一缓。

"艾米?博士?"

挂满厚重积雪的光秃枝丫回应着他的呼唤。

有什么东西动了动。

罗瑞看到前面有人影。他往前走,露出欣慰的笑容,准备数落他们抛下了自己。

走到半途,他僵住了。他刚刚露出的笑容也僵住了。

那不是博士,也不是艾米,不是任何他们沿路可能遇到的友善好客的人。

罗瑞知道,这种情况下,一个雪球解决不了多少问题。他意识到他需要躲起来,迅速地好好躲起来。

他直接跳过了担心,径直冲进了深深的恐惧之中。

"看在向导的份儿上,他们是谁?"比尔·格荣问。

老者温欧娜摇了摇头。

"我从未见过他们这样的面孔,当选者。"她说。温欧娜·克劳帕[1]是"旁处"中最年长的莫芬人,是她那一辈人里仅存的一位,同时也是比尔·格荣的内阁成员中最睿智的一位。

比尔·格荣琢磨着,如果有人能知道答案,那必然是她了。

"但他们也可能是从其他农场来的,当选者。"塞姆威尔提醒道。

比尔·格荣望向年轻人。塞姆威尔·柯劳克[2]遇到任何事都喜欢看好的一面。比尔·格荣不安地感到,刚才的事不存在什么好的一面。

"他们看上去不像莫芬人。"贝尔·弗拉瑞什说。她的声音轻细而坚定,仿佛透着内心的寒冷。

---

1. 克劳帕(Cropper)有"庄稼"之意。
2. 柯劳克(Crook)有"恶棍、窃贼"之意。

"他们有各种不同的穿着风格。"塞姆威尔说,"'见处'那边的人有真的帽子。我听说过。向导作证。"

"我们已经三年没有祝愿者在节日期间光临了。"老者温欧娜说,"冰封之后再也没有过。"

"好吧,那今年他们来了,不是吗?"塞姆威尔说。

"他们并没有戴帽子。"贝尔说。

"杰克·达格特那帮人在'将林'的顶端发现了他们。"比尔·格荣说。

"那他们或许能说说我妹妹的下落。"贝尔说。

杰克·达格特的人带着两位来客进入主广场,他们举着农具的姿势跟以前《向导往时地球之书》里武者手执武器的样子如出一辙。一大帮没在干活儿或是参与搜索的民众从自家屋子里出来看热闹。

这两个陌生人,其中之一高大又警惕,微笑地看着他身边的一切。他让贝尔·弗拉瑞什联想到一只好奇的公鸡,可以趾高气扬地哪儿都敢去,却不顾及自身的安危。他直爽的样子使她略微放心了些。在她看来,一个具有那种表情的人,是不会去伤害别人的。

另一位来客是个女孩。她看上去很谨慎,但有一股内在的力量。她有一头红发。贝尔从未见过红色的头发。除了在向导的书里,她从未见过这样的景象。

只有在往时地球才会存在的东西,怎么跑到"此后"来呢?

"我想跟他们谈谈,当选者。"贝尔说。

"我想你会意识到,那是我的工作。"比尔·格荣说。

"我想你会意识到,那事关我的妹妹。"贝尔回应。

比尔·格荣是"旁处"种植区被推选出来的领袖。他是个好人,有着深色的头发和满脸络腮,而从素色冬季到来的那一年开始,他的须发就逐渐染上灰白。他朝贝尔望去,注视着她坚毅愤怒的双眼。

"你知道我在严肃地对待这件事,阿拉贝尔[1],"他说,"你妹妹的失踪是A类事件。而现在又来了这些陌生人,的确值得怀疑。但凡事都得有个过程。我会处理好的。"

"你们谈的时候,我想要在场。"她说,"向导啊,我得在场。"

比尔看了一眼长者温欧娜,见她微微点了一下头,于是答应了贝尔·弗拉瑞什。

"带他们去议事厅。"他对杰克·达格特说道。

高个儿的来客听见这句话,冲着比尔·格荣就是一个微笑。

"你好,我是博士!"他走向比尔,大声宣告。一把锄头和一柄草叉在他面前交错,挡住去路。"嘿,我的天!"他说着,

---

1. 贝尔是阿拉贝尔的昵称。

作势反抗起面前的沉重木柄。"我想这中间可能有那么一点误会。真的。你是管事儿的吗?我很乐意出去重新进来一次。你说呢?从头来过!如何?"

"当选者,那种口音很有意思。"温欧娜侧身去对比尔·格荣说。

"确实。"

博士和艾米眼看着当地人嘟嘟囔囔地议论着他们。

"你吓坏他们了,他们可都有尖尖的叉子。"艾米冲博士悄声抱怨。

"是的,他们人手一把。"他纳闷儿道,"我吓着他们了?"

"千真万确。"艾米说,"我们能不能先静观其变?"她有些发抖,双臂紧紧交错在胸前。"往好处想,或许他们会在用园艺器具戳死我们之前,把我们带到暖和点儿的地方去。"

社区议会的领袖招手示意,两位来客被押送着穿过雪地进入议事厅。桶里生起了火,太阳灯也一一打开。大厅很温暖,眼前是一片暖棕色:磨旧了的木质梁柱和座椅在经年的使用和养护下显得光洁平滑,地板在岁月的脚步下闪闪发亮。这栋议事厅的建筑中,所用的钉子和桩子都是用船壳做的。

艾米尽可能地往身旁那只火星四溅的桶边靠,想要取暖。她脱下了连指手套。它们通过袖子里的一根松紧带,挂在她的粗呢大衣里。

博士环顾四周。他抬头凝视横梁交错的屋顶，盯着磨损的木质楼板上的环形金属镶嵌纹，以及横梁和柱子上的金属接缝。

"这很古老，"他说，"工艺精湛。"

艾米看着他。他在其中一根木围栏柱的侧边蹲下，这些围栏环绕着他们被带进来的这个开阔区域。他的指尖沿着栏柱游走，好像一位欣赏古董的专家。

"这些铆钉……"他自言自语道。

艾米翻了个白眼，"这些铆钉很重要吗？当真？现在这时候？它们真的重要吗？"

博士站起身来，"有这可能。"他说。

"罗瑞还在外头呢。他孤身一人，在找我们。"艾米说，"我们能做点什么，劝他们放我们走吗？"

杰克·达格特的人守住了议事厅所有的大门。一些莫芬人登记入内，逐一落座。比尔·格荣和其他种植区议会成员坐在厅室最前头围成半圆的一排椅子上。

"你是谁？"比尔·格荣问道。

"我是博士。"博士说。

"你是一名博士？"老者温欧娜问，"哪些方面的？医术？药学？"

"方方面面。"博士说。

一阵窃窃私语,议会成员讨论开来。

"这位是艾米·庞德。"博士说。

"一个虔诚的莫芬人名字。"强斯·普劳莱特指出。

"我想我得……"艾米说,"谢谢您。"

"是你的妻子吗?"长者温欧娜问。

"不是!"博士断然否认。

"没必要那么义愤填膺。我也可以当一回嘛。"艾米忍不住嘘他,"不过,我不是。"她对议会成员说。

"我们就是朋友而已,真的。"博士说,"非常随便的那种。我们不会拘泥于礼节,是不是,庞德?"

"几乎从不!"艾米说。

"但这是个相对正式的场合,"博士继续说着,动作夸张地将灵活的食指指向比尔·格荣,"而你是负责管理这个社区的,对不对?"

"作为议会的当选看护已经服务'旁处'八年,我深感荣幸。"比尔·格荣说,"这些人知道,这个责任并不是轻易就能担负。"

"当然,当然,"博士说,"'看护',多么有意思的词儿。拉丁词源是nutricius,意思是扶助并予以滋养之人,比如保育园的护理员,或者动植物繁育场所的养殖员。"

议会成员开始激烈地议论起来。

"你在干什么？"艾米凑向博士，保持着对议会成员的标准笑容，同时低声耳语。

"只不过是先暖暖场。"他回答，"当选看护，这是个很高阶的头衔，一个领袖。他是那个有胡子的家伙。"

"他们全都有胡子啊，博士。"艾米说。

"说句公道话，那边那位女士可没有。"

"等等，"艾米说，"那家伙的头衔来自拉丁语？怎么会？"

"很平常啊。"

"但是罗瑞说的对，这里并不是利德沃斯。"她低声说，"这里甚至都不是地球。那他们怎么会用拉丁名字命名什么东西？"

"不管我们在哪里，这都挺'有地球的样子'。"博士说，"事实上是，非常'有地球的样子'。我猜这里每天都会变得更加'有地球的样子'。而这些都是如假包换的人类。"

"我们为什么要浪费时间在这种闲聊上？"贝尔·弗拉瑞什问，声音大过议事厅里的其他任何人。整个会场安静下来。她从平民区的座位上站了起来，等着议会成员和来客发问。

"说吧，阿拉贝尔。"比尔·格荣说。

"向导作证，当选者。"贝尔说，"时间白白流走，而你们只是在瞎胡扯。你怎么就不问他们一个像样的问题？"

"噢,好主意!"博士不禁雀跃,"我就喜欢直截了当。比如说什么问题?"

贝尔对他怒目而视,丝毫没有被他的魅力影响到。

"比如你究竟是从什么地方来的?你不是'旁处'这儿的,那你是从哪个种植区来的?"

艾米望着博士。"大庄园?[1]"她做了个口型。

博士做了个鬼脸,神经质地耸了耸肩。

"那……很难回答,贝尔。"他说。

"真的吗?"贝尔问,"在我看来并非如此。'此后'只有三个种植区,所以不难选择。"

"啊,"博士说,"然后呢?"

"那好吧,"贝尔说,"你们对我妹妹做了什么?"

---

[1]. plantnation(种植区)是plantation(大庄园)的变音。

汝若知，则言

"我想我们得试着把事情顺利解决掉。"博士说着，以一种温和、坦然的姿态摊开双手。他慢慢转身，这样就可以一个接一个地跟与会的每一个人进行目光接触，同时将他那令人安心的微笑传递出去。

他将目光聚焦在杰克·达格特身上。杰克·达格特是个大块头，是"旁处"所有莫芬人里个子最高的，而他紧握在双拳中的锄头也相当大，看上去足以穿起一头座头鲸。

"我想伸手到口袋里取些东西出来，行吗？"博士问杰克。

杰克·达格特犹豫着。博士开始将一只手滑进斜纹粗花呢外套。

"小心点！"艾米低声说。

"这话跟他说。"博士回答。他亮出了那个夹着通灵纸片的旅行通钱包，展示给杰克·达格特看，"我想这个可以澄清一切。"他说。

"上面说他来自'见处'。"杰克·达格特研究着钱包，朗声说,"上面说,他是按照传统,为我们送来本季节的祝愿,同时也向我们伸出'见处'种植区的友谊之手。上面还写,他是来提供专业知识和协助的。"

比尔·格荣站了起来。

"我谨代表'旁处'种植区,欢迎你们在此节庆之时的友好来访。"他说,"很抱歉我们误会了你们,毕竟眼下世道艰难。"

"看得出来。"博士说。

"等等,"杰克·达格特说,"有一件事。"

"什么事,杰克?"比尔·格荣问。

"您知道得很清楚,当选者。"杰克说,"我连自己的名字都看不懂,我不识字。那我是怎么看懂这个的?"他将钱包递了出去,但似乎没有人想去碰它。

"显然,这我可以解释……"博士开口说道。

老者温欧娜站起身,走到两人跟前。她从杰克·达格特宽厚的大手中取过钱包来看。

"这是一封信。"她说,"向导啊,正如杰克所说,这是一封来自'见处'当选看护的信。这看上去……不会有假。"

"我怎么会看懂它的?"杰克问道,听上去忧心忡忡。

老者温欧娜惊恐地看着比尔·格荣。

"邪恶!"她倒吸一口凉气。

"我相信……"比尔刚要开口。

"这是邪恶的,当选者!"温欧娜说,"这是妖术!你很清楚向导是如何跟我们提到妖术的!"

"那真是A类的恶行。"强斯·普劳莱特说。

"我很清楚。"比尔·格荣缓慢而沉重地说,"杰克,我们商量一下解决办法,先把他们带到监狱关起来。"

"那……那只是个纸片罢了。"博士看起来相当手足无措,"那只是个无伤大雅的把戏……"

"妖术把戏。"老者温欧娜说,"瞧见没?他承认了。"

守卫开始把艾米和博士往外推。艾米意味深长地怒视着他。

"我简直服了你了。"她说。

所谓监狱,是位于议事厅地下的一间小牢房。凿出的台阶向下直通到一个冰冷的人工洞穴,由几盏太阳灯提供照明。一只火桶里装满了燃料。牢房有一个带滑动门的笼壁。栅栏是用泛蓝的晦暗金属制成。牢房里铺满锯木屑的地面上,摆有一条长凳和一口土锅。

杰克·达格特将他们锁了进去,返回地面时他一路上将钥匙晃动得叮当作响。

艾米在长凳上坐下。

"好极了。"她说。

博士冲她咧嘴一笑,掏出了音速起子。

"一个锁,"他说,"我可以搞定任何锁。全都容易得很。这比设法糊弄一大屋子胆战心惊的人容易多了。"

"他们为什么胆战心惊?"艾米问。

"因为我们是陌生人。"他说,"如果你以前从未见过真正的冬天,你难道不会害怕吗?"

艾米耸了耸肩。

"好吧,打开门锁。"她开始用激将法,"然后呢?我们得经过所有那些拿着干草叉的家伙。假如我们运气好,也许他们会点燃火把,纠集一帮暴徒将我们赶回城堡。"

"你很沮丧,"博士说,"我看得出来。"

"恭喜你猜对了。"她答道,"我很担心罗瑞。他会担心我的,担心我们俩。他可能会遇见任何情况。"

贝尔怒气冲冲盯着"旁处"的当选看护。"就这样,比尔·格荣?就这样完了?把他们关起来?你甚至都没有问出你该问的问题!"

"他会的,阿拉贝尔。"老者温欧娜说。

"我会的。"比尔·格荣表示同意。他正拼命思考,想要弄明白那个陌生人的钱包。他有点担心它的邪恶会侵蚀损害自己,而它又如此引人好奇,以至于无法放诸一旁。钱包里的信恰恰是他作为"旁处"的当选看护会使用的那种。它包含向导的印戳，以及"此后"种植区的纹饰。信里的内容完全是他会使用的措辞，甚至看上去都是他的笔迹。

"也许这是真的。也许他们就是他们说的来历。"贝尔说。

"这不是真的。"比尔·格荣说。

"那也许是他们从别处得到的！"贝尔毫不退让，"从某个可怜的怀揣善意前来的'见处'的人那儿拿的，拿了以后又将他留在壕沟里等死。"

"这不是真的！"比尔厉声反驳，"杰克不识字，记得吗？"

"那就别盯着看了，那就……"

"阿拉贝尔·弗拉瑞什！"比尔·格荣大声吼道，"回到你的座位上去！"

"去问他们，我妹妹在哪儿？！"贝尔大喊。

"我知道你很担心，阿拉贝尔，但请你保持正常的礼数。"比尔·格荣说。

他的视线重新回到钱包上，声音变小了，"那些星星，这冷酷的寒冬，现在又来了这个。"他说道，"向导啊，我不知道该怎么办。我们这儿从来没有发生过类似的情况。我甚至都不知道该如何开始思考这件事。"

"这是妖术，"温欧娜温和地说，"是妖术将严酷的冬季带来此地,而这两个陌生人便是根源。是他们干的。"

"我不相信妖术。"比尔说。

"是他们导致的,"温欧娜说,"是妖术招来的祸害。"

"不是的。"比尔摇着头说。

"你看见她的头发了吗?"强斯问,"我从未见过那样的头发。"

"杀戮的颜色。"杰克·达格特说。

"那又不是血。"塞姆威尔·柯劳克嘟哝了一句。

比尔·格荣看着长者温欧娜。她眉头紧皱,额头犹如犁后的耕地。她露出淡淡的微笑,想让他安心。

"如果那就是妖术呢?"他问道,"如果那就是一件邪恶的东西呢?"

"那么,向导会指引我们如何处理。"长者温欧娜说,"引经据典,我们会找到适合我们状况的章节,从而遵循向导的话,得到拯救,正如我们对待事物一贯的方式。"

比尔看上去并没有被说服。他将钱包在手里翻了个面,若有所思。

"不过,杰克,我俩从小就认识,他能念出这上面的话,却不认得此外的任何一个字。"他说,"那是不可能发生的事儿。按道理来说,至少在向导的规律之下,这毫无可能。如果这是向导规律都并不适用的事物,我们该如何与它对抗?"

贝尔·弗拉瑞什伸出手。

"我可以看看吗?拜托了,当选者。"她请求。

比尔·格荣犹豫了。长者温欧娜的态度看上去尤其暧昧。过了一会儿,他将钱包递给贝尔。

打开之前,贝尔先观察它的外观,翻来覆去地看。

"噢……"她说。

"什么?"比尔问。

贝尔盯着打开的钱包,字句似乎并未脱口而出。

"这……"她开口。

"这非常有说服力,是不是?"比尔·格荣问。

贝尔合上钱包,递还给当选看护。"是的,没错。"她说。

"求你了,当选者。请下去问问他们我妹妹的下落。白昼飞逝,黑夜又将来临。"

"我会的,贝尔,但要等我们商量出最好的办法。"

"勿要拖延,当选者!"贝尔绝望地说。

"我会咨询理事会的意见。"比尔回答,"最多一个小时。那样我就能知道如何应对接下来的妖术,然后我就会从他们那儿得到一些答案。"比尔·格荣请理事会成员再次落座,很快他们就进入了讨论状态。

贝尔·弗拉瑞什旁听了一会儿,坐立不安,焦心不已。她再也忍受不了这种感觉,于是站了起来。

所有人都忙于讨论问题,没人留意到她从议事厅的后门溜了出去。

罗瑞在跑。

这是他有生以来第一次用这种速度到处乱跑。他也肯定从未在大雪里跑得这么快过。又厚又松的积雪不止一次让他的双脚不听使唤,失去平衡,四仰八叉地陷进雪里。

每一次,他都迅速爬起来,又开始跑。

他不知道自己要跑到哪里去。他已经不知道塔迪斯在哪个方向。他只知道他要逃离的是哪个方位的威胁。

他所见到的人影,怎么看都感觉相当可怕,那模样里总有什么令他战栗。总共有四个,也可能是五个身影,径直往他这个方向走来。那些人影泛着绿色,似乎穿了西装或是制服。他们并没有任何险恶或者造成威胁的举动。他们并没有冲他大喊,也没有向他射击。

然而,他们前进的方式或多或少会令人不安:缓慢,沉着,毫不间断,全然没有受到大雪的干扰。他以前从未见过什么东西,简单走两步就能让人毛骨悚然,但他突然想到了什么。他亲眼见过赛博人如何行进。赛博人走起来如同令人不寒而栗的机器。它们行走的方式与它们的思维方式一致,而那就是它们可怕的地方:绝对客观精准。

罗瑞刚才看到的身影相对笨拙。他们透出的那种骨子里的无情并非出于机械式的节奏，而是野蛮的、毫不动摇的、自然而然的决绝。

不管他们是谁，他们都是大个子。大而笨拙。有那么一瞬，罗瑞以为他们可能穿戴了厚重宽大的冬季装备。他似乎从护目镜或是面甲之下捕捉到一抹红色。但就算是穿戴了冬季装备，也无法解释他们的庞大体型。他们有高大宽阔的身形，状如巨塔，还是溜肩。他们让罗瑞很不愉快地想起了周六夜里艺术娱乐频道里出现的彪形大汉，想起了在酒吧停车场里开撕或与看门人斗殴的老炮儿。那些家伙的健壮不是故意锻炼出来的，或者说，不是肩膀宽阔、二头肌鼓起的那种好莱坞式的超级英雄，而是现实世界造就的壮实——膀大腰圆，手臂好似一整只火腿，手腕竟有拳头一般粗。他们皮糙肉厚，筋强骨壮，有着惊人的、毫无魅力可言的力气。这纯粹的蛮力并非从健身房或是私人教练那里习得，而是来自于繁重的劳动和严酷的生活。

那种人会让你在当班的时候保持警惕——面色阴沉的家伙赫然逼近，用宿醉未醒的蒙眬眼睛看着你——那种人会突然转手一拳将你打趴在地。

罗瑞知道，有一点毋庸置疑：他必须避开他看到的这些人。他第一个念头是躲起来，这个主意显然已经不可行。缓慢前行的身影还是距离太近。就算他们还没有看见他，但也很快会看见。

而且他也不愿被他们捉住的时候畏缩在树后。他宁愿逃跑。

此外，如果真有那样的东西，真有那样的庞然大物在树林里瞎转悠，罗瑞宁愿他们是在追他，而不是冲着艾米和博士去。

或许，他可以摆脱他们，然后绕回来找他的朋友……

然后彻底离开这个鬼地方。

尽管霜雪严酷

"有人来了!"艾米嘘了一声。

博士的音速起子已经悬在牢房的门锁上。他迅速将它收到了背后。

贝尔·弗拉瑞什走下幽暗的台阶,来到灯光下。她透过栅栏盯着他们。"我妹妹在哪儿?"她问道。

"我们并不知道。"博士温柔地向她保证。

"你们知道。"贝尔靠近栅栏,表情激愤。

"我们不知道!"艾米强调,"你把我们从这个该死的牢房里弄出去如何?"

"我确信你们知道,"贝尔说,"否则你们怎么会有她的照片?"

"照片?"艾米大惑不解地问。

"就在那个钱包里!"贝尔几乎尖叫起来,"那个钱包里满是妖术!我看见了!"

艾米看看博士。

"通灵纸片。"博士转过脸,朝艾米低声说,"真尴尬。是一个小缺陷。它会关联到你最想看到的东西,你觉得最难抗拒或者最有说服力的事。有时候,强烈情感留下的印记会产生相当不幸的后果。"

"她之所以看到她妹妹,是因为非常担心她?"艾米问。

"她满脑子只有这事儿,"博士回答,"再加上我们是陌生人,她就怀疑我们不知怎么跟这件事儿有关了,因此就促进了潜意识的反映。再加上……"

"还有一个'再加上'?"

"对,"博士说,"我认为这地方普遍弥漫的紧张气氛增强了情绪的共鸣。"

贝尔看着他们快速对话,越发惊愕。

"她就站在那儿,可以听到我们说的每一个字,你知道的吧?"艾米问博士。

"是的,我注意到了。"

"那你应该知道,要是我们继续这么交谈,她的受惊指数就要冲上天了吧?"

"我当然知道。"博士说。

他转回身子,透过囚笼的栅栏面对贝尔。

他微笑着。

"听着,"他说,"阿拉贝尔,你是叫阿拉贝尔吗?阿拉贝尔，我们是真心想帮你。真的。我们没有伤害你妹妹，也没有把她带走。我们都没见过她，但我们想要帮助你找到她。阿拉贝尔，你妹妹叫什么名字？"

"我为什么要告诉你？"贝尔问。

"那样我们就可以帮你？"

"可你们为什么要帮我？"

"老实讲，"艾米说道，"我们现在似乎陷入了困境。如果我们能够做些什么来帮助你，也许我们可以证明……"她犹豫了一下，然后示意贝尔身后的楼梯，"向你的社区证明，其实没必要害怕我们。"

"没错，"博士说，"不必惊慌。我们为和平而来。而且，你妹妹在这种天气迷失在外，她不该受这个罪。"

"是的，没错。"艾米赞同着，并且向博士投去意味深长的眼神。

"那么，她叫什么名字？"博士问。

"维斯塔，"贝尔说得小心翼翼，"哈维斯塔·弗拉瑞什。"

"那你最后一次见到她是什么时候？"

"昨天夜里，睡觉之前。今天早上她就不见了。"

"你知道她可能去了哪里？"博士问。

贝尔摇摇头，"但是她穿走了靴子和外套。"

博士朝艾米看了一眼,然后又转过来看贝尔,"阿拉贝尔,"他说,"天气不应该这么冷,是不是?"

"你来的地方不冷吗?"贝尔问。

"没有这么冷。"博士说,"这儿一年比一年冷,是吗?每一年都变得更糟一些。这样持续多少年了?"

"三四年。"

"而按理来说情况该反转了,是不是?"

"当然,"贝尔说,"那是所有莫芬人努力的目标。这你该知道。"

"我那是在自言自语。"博士说。

"向导告诉我们,"贝尔说,"说在更大的变化到来之前,情况在短期内可能会恶化。当选者是这样教导我们的。"

"说得没错。"博士说,"有时候是这样。在重大项目上,有时候肯定会这样。你们面对的是殖民星气象系统。全球气候。但我不确定。那就是为什么你们没有做任何极端的举动,是不是?你们告诉自己,这只是气候短期变化的表现。"

"博士,这是怎么回事?"艾米问,"你为什么在谈论天气?"

"你看她的衣服,"博士说,"她的便服制作精细,已经因为长期穿着而变旧了。而她的外套大衣、披肩,还有靴子,则全都是新的。这里的人不习惯如此寒冷的天气。"他回头看着贝尔,"阿拉贝尔,你能让我们出去吗?"

贝尔紧张地看了看楼梯,"我不能这么做。这违背了当选者的指示。"

"如果你让我们出去,我们会帮助你。"博士说。

贝尔犹豫不决。

"不过我是有钥匙的!"她硬着头皮说。

"阿拉贝尔,告诉我,大家为什么那么担心妖术?"博士询问道。

"那是被列为A类的罪行,"贝尔说,"我们被教导只能做向导告诉我们做的事。邪恶的行为都是被禁止的。"

"阿拉贝尔,"博士语气镇定,"待会儿你将不得不承认,向导教了我做一些或许并没有向其他人提及的事。"

贝尔·弗拉瑞什眨了眨眼又眯起了眼,"你这是什么意思?"

博士从身后拿出音速起子。他调整了一下,转动棘轮,打开钳子,然后将它对准囚笼的门锁。它发光的同时,产生轻柔的颤音。锁啪嗒一下弹开了。

博士打开了囚笼的门。

贝尔盯着他。

"我们走,去找你的妹妹。"他说。

博士带路,他们悄悄沿着监狱的楼梯往上走。谈话声从议事厅飘了出来。

"他们会讨论上好几个小时。"贝尔低声说。

达格特的一个手下守在门口,倚在他用来当作武器的铁锹把手上。他正透过半掩的大门看理事会争论。一股强劲的冷风从侧走廊吹过来。阿拉贝尔朝那个方向偏了一下脑袋。

贴着寒气逼人的石壁,他们蹑手蹑脚地躲过了守卫,匆忙沿着走廊往后门跑去。贝尔铆足了劲儿来对付沉重的门闩。博士决定帮她一把。艾米不住地往她身后瞟。她很确信守卫会听到门闩拉开的尖厉声响。

博士的手指顺着门闩移动,静悄悄地将其拉开了。

"跟那些钉子是同一种金属。"他低声说。

艾米瞪了他一眼。

他揣测着她的反应。"我说的不对?不是说这个的时候?"他问道,仍是压低的声音。

她点点头。

他们踩着碎乱的脚步逃到屋外,来到议事厅后头的一片雪地。艾米竭尽全力小心地闩上了大门。

贝尔走向博士,手贴在他的胸前,紧紧地把他按在院墙上。

"我这么做只是为了帮助我妹妹,"她说,"我不愿意连她也死掉。"

"当然。"博士说。

"如果你把我当个傻瓜耍……"

"阿拉贝尔,我不会的。我保证。"

"这是我们的房子。"贝尔说着,关上了他们身后的门。没有一盏灯是亮着的,炉子里也没有生火。贝尔一早就离开了弗拉瑞什的家宅,去寻找维斯塔。日光透过冰雪掩盖的窗户漏进来。

"我们在这里不会被打扰。"贝尔说。

"那真是好极了。"博士说,"我们正需要一个地方来思考,一会儿就好。这种天气去外边到处寻找维斯塔的下落没有意义。我们得弄清楚她可能去了哪里。"

"我来生点火。"贝尔说着,往炉子方向走去。

艾米把两只手合在一起猛搓。当贝尔走开的时候,她靠近了博士。

"真的吗?"她轻声问道,"去外头到处寻找没有意义?甚至不再……我不知道……从这儿逃走?"

"我们现在足够安全。"

"所以就不去找我丈夫了吗?"

"罗瑞同样足够安全,"博士说,"他现在可能正坐在塔迪斯里泡着一杯茶。"

"你有时候真让人难以置信。"艾米说。

"相信我,庞德。"博士回答,脸上闪现出一丝顽皮的笑意。他开始环顾这个窄小简单的房间,"这里发生了一些事,需要我们注意。"

贝尔生好炉子回来了。一股热气开始注入房间。

"所有东西都是手工打造的,"博士盯着家具和屋子自身的结构,陷入沉思,"做工出色,但是旧了。大多是木质的。我猜是当地的木料,以专业手法切割成型。那些铆钉和把手,看见没?那些螺丝。"

"船壳,"贝尔说,"现在没剩下多少了。"

"船壳,"博士重复道,"当然啦。船壳。"他朝艾米看过去,"船体金属,"他说,"从那个将莫芬人带来此地的飞船上抢救下来的。"

"往时地球和'此后'。"贝尔说。

"贝尔,你(们)在这里生活多久了[1]?"博士问。

"我所有的岁月。"她说。

"我是说,莫芬人在'此后'生活了多久?"

"二十七个世代。"她回答道,然后她顿了一下,盯着博士,"啊,你怎么会那么问?"她说,"作为一个莫芬人,你不可能不知道。可'此后'这里没有人不是莫芬人。"

---

1. 这里使用的"you",博士是指"你们",贝尔却以为他指的是"你"。

"现在有了。"博士说,"阿拉贝尔?贝尔?我知道有很多东西要去理解,但你必须保持对我们的信任。必须要这样想。在你最需要的时候,我们是向导送来帮助你的。告诉我,贝尔,找到我们的那些人为什么要全副武装?"

"他们在找维斯塔。"贝尔开口说道。

博士摇摇头。

"莫芬人没有武器,没有任何枪械。"他说,"他们不得不随手抓几个替代品做武器……斧头或是草叉一类的。找一个失踪的姑娘为何要这样?为什么他们平时并不惯于携带武器,却要武装自己?"

"他们……"贝尔开口道,她低头盯着陈旧的餐桌,思索着答案,"我们……我们丢过家畜,就在今年冬天,以前从来没有过。有些东西开始以山羊和绵羊[1]为食。我们认为也许那是一只跑出去变野了的狗,也许是从另一个种植区来的。"

"很有可能是那样的,对不对?"博士说,"因为这里没有其他的动物,除了你们莫芬人自己带来的那些。'此后'这里没有什么本土动物足以杀死一只羊。"

"我不知道'本土动物'是什么意思,"贝尔说,"但那些人带着棍棒和斧头,是因为他们担心……"

1.《圣经》中,"绵羊和山羊"比喻善人与恶人。

"担心行凶的东西可能会猎捕更大的猎物。"博士说。

贝尔点点头,嘴唇颤抖着。

"贝尔,你们的麻烦持续多长时间了?"艾米问。

"这里的生活一直很艰苦。"贝尔几乎是故作轻松地说,"但三年前,冬季开始积雪,并且一年比一年严重。然后我们是真的开始苦苦挣扎了,食物不足,也得不到足够的燃料。

"我们以前非常频繁地与来自另两个种植区的人见面,特别是在节日期间,但旅行变得困难之后就中断了。寒冬固然可怕,但这些寒冬到底意味着什么则更为可怕。"

"意味着一切都将失败,"博士说,"整个环境改造项目。"

"地球化稳定场是永远不会失灵的,"贝尔显得毅然决然,"维持它的稳定是我们的职责。我们种植区被称为'旁处',是因为它就坐落于稳定场旁边。这是向导交给我们的伟大任务。"

"你是说,"博士说,"向导告诉过你们,有时候是会发生一些事,比如冬季在气候变好之前会愈发寒冷?"

贝尔再次点头,"向导是那么说的。"

"但你并不相信,是不是?"

贝尔耸耸肩,"我们必须信任当选者,还有理事会,但我觉得比尔·格荣同样不相信这一点。事情不断变糟,很难对它会有所好转抱有信心。"

"还有更多问题,是不是?"博士问。

"有不少征兆。家畜死去。有人说他们在种植区周围的树林里看到过人影,身材高大的人影观察着我们,没有人清楚地看到过他们,但他们真是很大。而且他们不可能是人类,因为'旁处'所有的人都是登记在册的。"她看着博士。

"直到今天。"她说。

"没错,但我过来打招呼了,因此也不可能是我。"博士说。

贝尔在桌前坐下,把鼻子靠在十指交叉的双手上,就像是在祈祷。

"我告诉过维斯塔不要独自闲逛,"她安静地说,"我告诉过她的。她说林子里不可能有巨人,还说她有能力吓跑恶狗。但我看见过星星了,而她还没有。"

"星星?"

"是另外的征兆。夜里,星辰在头顶上飞过。它们并非悄然无声。我看到过它们,还有其他小部分人也看到过。老者温欧娜说那些星星是一个凶兆,是所有征兆里最糟糕的。它们提醒我们世界正处于动荡不安之中,我们的任何耐心都无济于事,莫芬人的成果岌岌可危。"

"你刚才说的话……"艾米显得很安静。

博士和贝尔看着她。

"你说你让我们出来仅仅是为了救你的妹妹,因为你不想连她也死掉。还有谁死了?"

"我们的母亲前些年死了。"贝尔回答,"然后四年前,一场热病让我们失去了爸爸。我不会再失去一个弗拉瑞什家的人了,我向向导发誓,我……"

她猛然停了下来。

"噢,向导啊!"她哀伤地看着博士和艾米,大哭起来,"我想我知道她去了哪里!我想我知道了!"

"哪儿?"艾米问。

"我忘记了日子。"贝尔说着站了起来,椅子刮擦着地面。"不像我,维斯塔总是记得那些事情。今天是我们父亲的四周年忌日。她……她可能是早起出门去他的墓前献花了。她可能是在上工之前去了纪念场。"

"那就是,"博士说,"我们应该最先找的地方。"

罗瑞一个滑步停了下来,已经上气不接下气。他想靠那三座山来确定自己的方位,尽管博士说那完全不是山。他可以透过树林看到它们,向冬季完美的湛蓝天空泵出白色的蒸汽云。感觉此刻已过了正午。空气清澈,明亮的日头高悬着,天气却仍然如玻璃一般寒冷严酷。

罗瑞已经跑到岔气,他的双腿由于在雪中跋涉而酸痛。他喘着气,转过身子,检查周围的树木。

他听到了一些声音。雪嘎吱作响。有一只脚踏进了软雪里。自己都跑成这样了,那些行动迟缓的恐怖身影肯定被抛诸身后了吧?

他向前挪动,专心倾听。林中空地异常寂静,由雪面反射开的阳光无比耀眼,使他不由眯起了眼睛。

又一下嘎吱声。

他又走了一步,心跳加快。

一个身影跃出,出现在他的面前。他很高大,但看上去同样惊恐,手上握着一把斧头。

罗瑞往后缩了一下。

"噢,你好。"他惊讶地说。

"你是谁?"那人问道,说话时口音浓重。他向前一步,斧头往上抬了一点。

"听着,"罗瑞说,"听我说,树林里有一些东西。那些……人影,非常、非常巨大的人影……"

他的视线从一边移到另一边。

其他穿着类似这个留胡须的持斧男子的家伙从掩护中走出来,聚集在他周围。他们手上拿着各种千奇百怪的农具,镢头、鹤嘴锄和草叉,各不相同。

"你们碰巧遇见过博士吗?"罗瑞满怀希望地问。

"你从哪儿来?"其中一人开始盘问。

"嗯……利德沃斯?"罗瑞只好试一试。

"这算哪门子莫名其妙的回答?"另一个人问。

"我不认得他。"持斧头的那个说。

"我是朋友!我很友好的!"罗瑞举起双手,表明立场。

"他是个陌生人。"持镢头的那个说。

"维斯塔·弗拉瑞什在哪儿?"持斧头的那个问罗瑞。

"这里是不是……在利德沃斯附近?"

"把他带走,"持斧头的那个说道,"把手绑起来。理事会将决定如何处置他。"

"完全没有必要这么做!"罗瑞喊道,"我直接跟你走还不行么?没有必要捆绑我。我直接跟你走还不行吗?"

他们抓住了他,无视他的抗议。那些人很强壮,将他的双臂别在身后,按住双肩将他控制起来。

然后他们都停了下来。

有什么东西走进了他们身后的空地。它站在那里,透过闪烁的扇形红眼睛凝视着他们。它是绿色的,就是石缝底下苔藓的颜色,厚厚的皮肤有着鳄鱼皮一样的螺纹和脊棱。从它炮筒般厚实的胸腔里发出一阵微弱而尖细、嘶嘶喘息般的呼吸。

它至少有两米高,体形犹如一棵橡树。

"我告诉过你们的。"罗瑞说。

经年的希望与敬畏

绿色怪物嘶嘶地呼出一口气,向前一步。罗瑞畏缩不前。胡须男子发出一声掺杂着惊恐和狂怒的巨大咆哮,挥起了斧头。

这把斧头很不赖,头部是用船壳做成的。它直直地命中了绿色怪物的胸部正中,居然还刺进了鳄鱼鳞片似的外甲凸起处。

绿色怪物纹丝不动,仿佛胡须男子将斧头埋进了一棵古老坚实的大树。

斧头很快就卡住了。胡须男子想要将其拔出,抢下一斧。绿色怪物发出一声低沉的嘶吼,猛地挥舞左臂,巨螯般的大手向上挥动,捉住胡须男子举向空中。

一记可怕的骨头碎裂声使罗瑞再次打了个哆嗦。胡须男子被仰面向后抛起,细碎的雪块从他的双腿震落,而后整个人被猛地扔进低处的树冠。他弹回到雪地上,带着折断的树枝、破碎的嫩条,以及随着他一起震落的大堆雪块。

他一落地,便不再动弹。

这向上一挥所传递出的力量,让其他人陷入了片刻的震惊。

仅仅一个猛击就使得他们的首领飞上天空数米之高。

他们狠狠地将自己手上的东西向绿色怪物投掷过去,镢头、鹤嘴锄,还有其他农具如雨点般落下。他们孤注一掷了。

这么做很勇敢,但也是个可怕的错误。投出去的东西毫无效果地弹了回来。绿色怪物伸出右螯一个侧击,猛地将一个人撞到一棵树上,力道之大,摇落了树枝上的积雪。

绿色怪物又迈出一步,伸手拽住斧柄,将几乎埋进肚子里的斧头拔了出来。接着它挥动斧头,斧头的钝面击中了另一个人的脸部——这一记让他整个人双脚离地,仰面摔落在雪地上,大张着嘴巴,不是死了,就是彻底昏了过去。

持草叉的男子冲向绿色怪物,想将尖叉狠狠刺进它的躯干。他大叫着向前。绿色怪物将斧头扔向一边,飞出的东西打着转消失在树林里,发出吊式风扇慢悠悠的呼呼声。接着,它举起了左螯。这个动作速度之快,与其呆板笨拙的身躯形成奇异的对比。大螯灵巧地接住了向前推进的草叉,从齿缝间将其挡住。草叉不再向前,男子也因此一个趔趄摔倒在地。绿色怪物将螯钳收紧,将草叉的尖头从木杆上折了下来。握着草叉的男子不停地将断头往那怪物脊棱遍布的躯干上猛戳。绿色怪物将右螯对准了他。

它的前臂附近有一个小管,是某种武器。它发射出令人生厌的颤动声,仿佛连空气都翘曲膨胀了起来。男子被这股扭曲、强大的气流击中,倒下死了。

这个时候,罗瑞开始逃。那帮人忙着向绿色怪物发起进攻,完全忘记了他的存在。怪物这种完全冷血野蛮的反应向罗瑞证明,他最初的直觉是对的。这巨大的绿色怪物不是可以讨价还价的主。它们是致命的,满怀恶意的。它们的存在只会让大家不惜一切代价远远避开。

罗瑞由于怪物释放出的可怕音速声波而耳鸣不已。即便当时它没有向他瞄准,那冲击仍然使他感到剧烈的头痛。而他从舌根尝到的血腥味判断,他还流了鼻血。

另外那些人,只要是还没倒下的,也纷纷开始逃走。

喘息中,罗瑞听到声波武器再一次启动。空气闪烁着、扭曲着,距离罗瑞左侧十二米远正在逃跑的一个人跌进雪堆里,打了个滚儿,躺着不动了。

下一个就会是他。

无处可逃。

下一轮冲击波肯定会杀死他的。

他们离开"旁处",沿着北部小巷,穿过冰封的水井,走出了被贝尔称作"卡耕地"[1]的地方。这片广袤且坡度平缓的区域全被厚厚的冰雪所覆盖,但博士和艾米看得出来,它们曾被认真

---

1. 原文为spitable,是suitable(可耕地)的变形词。

清理并且划分成条块,像商用菜园一样用于农业种植。艾米注意到,成行的种植用框架和藤条都镶上了雪边,看上去像白色的貂皮,从种植季节遗留至今。小径本身是一条阶梯小路,从远处只能看见被积雪遮挡的长方形栅栏,像是一块浇上了糖霜的巨大酸橙派。

狗在下面的村庄吠叫。

"那是什么?"博士问,停下来听。

"狗吗?"贝尔说。

艾米往回看。午后,一层白色开始将天空的湛蓝冲淡,山峦间的水汽形成一层薄雾。空气中的一股气味让她联想起快要降雪时的情形,那是她还是个小女孩时十分钟爱的气味。

"不是狗。"博士说。

他们继续前进。越过"卡耕地"和篱笆小径,一排树木出现了,这意味着他们已位于霜雪覆盖的林地边缘。

博士又停了下来。他昂起头,侧耳倾听。"你们听到了吗?"他问。

"什么?"艾米问。

"那个声音,那声音我熟悉。"

"什么声音?"艾米问。

"狗吠而已。"贝尔说。

"不,其他声音。离得很远,但传过来了。它很有特点。我熟悉那个声音。我是在哪儿听到过的呢?"

艾米仔细听。"我什么都听不见。"她脱口而出,尔后停下了,"噢,等等,"她说,"我也听见了奇怪的声音。"

博士点头。"奇怪的声音……"他重复道。

他突然转过身,盯着篱笆。

"我想你该出来了。"他说。

一个男人从阴影里走了出来。

"我想你应该告诉我你们要去哪儿,阿拉贝尔。"塞姆威尔·柯劳克说。

罗瑞在一棵树后躲着。恐惧控制了他,他拼命避免呼吸发出太多噪音。身体透支加上惊恐,使他只能大口喘息。这声响会将他出卖。

他又听见两道冲击波,是绿色怪物的能量武器撕裂耳膜的震颤。第二道冲击波伴随着一个男人被致命的扭曲空气击中后发出的痛苦喊叫。绿色怪物更近了。除了把他们一个个杀死之外,它要干什么呢?想要除掉目击者?什么目击者呢?或许它仅仅因为被斧头砍到而要狠狠报复?

是不是还有其他什么罗瑞没能想到的原因?他思绪纷乱,要集中精力太难了。那是惊吓和恐慌后的反应。他强迫自己专心起来。他需要去听。躲在树后,他能判断绿色怪物有多接近的唯一途径，只有去听，然而在自己的喘气声之下，他什么也听不见。他要屏住呼吸。这需要很大的努力。他屏住呼吸，继续倾听。他的耳鼓膜感觉快要爆掉了。

几秒钟之后，他听见脚步深深踏入雪中的嘎吱声，塔状怪兽正在稳步行进。他的藏身之处马上就要进入怪兽的视野。

无处可逃。周围只有雪，无论他往哪里走，白色背景都会让他凸显出来。藏在树后没有用。怪兽绕着树走一圈是迟早的事。没有巨石，没有灌木丛，更没有地洞可以钻。

他又听到了嘎嘎吱吱的脚步声，伴随着嘶嘶的呼吸。这提醒他，自己也要呼气了。他放松了一下自己压制住的呼吸，努力做到无声。其实他多想贪婪地吸入新鲜空气啊！

绿色怪物在他左边大约二十米的地方出现，侧面向着他。它从两棵树之间出现，站立不动，慢慢地扫视左右。

罗瑞悄悄地、非常非常缓慢地躲在树干后绕着走，让它处在自己与怪物之间。

它转过来，往他这边看。

它怎么可能看到他呢？他几乎没有挪动。

这怪物看上去像一只巨大的人形爬虫。爬行动物有敏锐的视力吗？或者是听力？它们有其他感官吗？它们如何捕猎？他有一种感觉，自己曾经读到过关于鳄鱼有惊人夜视能力的内容。

罗瑞意识到，恐怖伴随着错乱的臆想，在他的头脑中泛滥。

他所想的事,没有一件真正重要。当务之急是他必须找到一条逃生路线,博士会称之为"明智的退出策略",艾米会称之为"一点也不傻有那么点正当的逃跑"。

艾米。

罗瑞知道,他必须再次见到艾米。他不会让一只步履蹒跚的巨大蜥蜴在积雪覆盖的树林里毫无理由地取他性命。他的妻子永远不会允许他有这样的结局。他冲出掩护,又开始跑起来,这一次选择的方向与他最初的路线成直角。越过肩膀的匆匆一瞥,他看到绿色怪物发现自己了。它转向这个漏网之鱼。它是注意到了活动物体?还是热量?

热量有些合理。他在脑子里烙上了这个想法。

它为什么没有射击呢?为什么没有使用那把可怕的冲击波枪?它完全可以就那样将他击倒,还可以省去不少追赶的时间。

这似乎只有三个可能的答案:它要么子弹没了,这好像不太可能。这是其一。其二可能是他已经跑出了射程。

第三个可能,是它要活捉他。

"慢点!"艾米发出抗议。

博士正怀着只有他能够调动起来的无穷热忱和百折不挠,带头沿着积雪小径进入树林。

她手忙脚乱地努力跟上。

"我们要带他一起吗?"她问。

他们不约而同向后瞥了一眼。

阿拉贝尔跟着他们,那个年轻男子紧随其后。艾米不得不承认,塞姆威尔是个样貌相当标志的家伙。他稚气未脱,看上去很阳光,显得很可靠。他在沿路追赶的同时,正在与阿拉贝尔争论些什么。

"这是A类重罪,"艾米听见他说,"贝尔,A类重罪!你跟他们在一起干什么?"

"我在找维斯塔。"

"但是你把他们放走了!贝尔,当选者会说些什么呢?"

"我不知道,塞姆威尔,你打算告诉他吗?"

"我应该告诉他!"塞姆威尔表明态度,"拜托,快停下跟我谈谈!思考一下这事儿!你在跟会妖术的人勾结!"

"我在找我的妹妹。"贝尔回答。她继续走着,一边将她的长裙子往上提一点点,以免它被踩进雪里。

"当选者会找到维斯塔。"塞姆威尔说,"你的耐心呢?"

"闭嘴,塞姆威尔。"

"耐心之人,可供全种植区之给养。"他说。

"别给我引用向导的话!"贝尔喝道。

"我们要让他跟我们一起走。"博士告诉艾米。

"因为他回去后,他会告诉别人我们的去向吗?"艾米问。

博士点点头,"我认为他只手空拳是制伏不了我们的。"博士说。

"我认为他是想只手空拳制伏她而已。"艾米说。

"什么?"博士问。

"他喜欢她,"她回答,"很明显。"

"就因为他们在争吵?"

"不然他干吗跟着我们?他完全可以敲响警钟。"

博士若有所思地皱起眉,点点头,"你对人类内心的神秘活动有敏锐的洞察力,庞德。干得漂亮。"

他停了下来。他们已深入森林。"将林",贝尔是这么称呼它的。卡耕地已远在他们身后。他们可以看到"旁处"的村庄,而在其南侧,阳光在温室的玻璃屋顶上闪闪发亮。

"'将林'(Would Be),"博士说,望着那些阴森森的树和覆盖在树上的亮闪闪的雪,"最初的莫芬人望着这个世界,想象着它将会如何。这个名字就代表了他们的意愿。"

"我觉得她说的是'乙林'(Wood B)。"艾米说。

"有可能。"博士回答,"那也许全都是最初的叫法。一种区域编号。'乙林(Wood B)'。那些环境宜人的场所,甚至移民点的名称都是如此,嗯……打个赌试试?"

他转向贝尔。

"第三个种植区是叫'隘处'(Aside)吗?"博士问。

"是的。"她回答。

"你怎么知道?"艾米问。

"噢,大胆猜测。'隘处'(Aside)'旁处'(Beside)"和'见处'(Seeside),ABC号场地。"

"啊,"艾米微笑道,"那么'见处'并不在海边咯?[1]"

"我想不在,虽然我很希望去海边。"博士说。

他们继续走了一会儿,没有交谈,专注于寂静森林中他俩嘎吱嘎吱的脚步,拌嘴声隐约从他们身后传来。

"'此后'是什么?"艾米问。

"是个殖民地,人类殖民星球。"博士说,"扩张时代后期,或者说散居世代。想想这名字:莫芬人。"

"就像是'孤儿'[2]?"

"是的。这个词告诉我们,这些定居者应当履行行星环境改造工作,或者说,'环境莫芬化'[3]工作,即殖民一个适合生存的遥远类地星球,并使它更像地球。"

"有点地球的样子?"

"没错。"

"那真正的地球在哪儿?"艾米问。

---

1. Seaside(海边)与Seeside(见处)同音。
2. Morphan(莫芬人)与orphan(孤儿)音近。
3. Terramorphing(环境莫芬化)是terraforming(环境改造)一词的词尾倒转。

博士一耸肩,"过去的某个地方吧。我想地球和整个太阳系都已经没了,结束了它们的自然进程。人类必须找到其他地方。再想想莫芬人这个名字。"

"他们来这儿多久了?"艾米问。她以前去过地球被遗弃的时期,但整个星球都已经不复存在的想法似乎特别感伤。

"好几代了,"博士回答,"很多个世代了,她说是二十七个世代。世世代代异常辛苦的劳作和艰难生活。即使是一个'有点地球样了'的星球,塑造并驯化它也需要很长时间。他们所有的劳作、所有的努力,这些莫芬人将永远不会享受成果或从中受益。这仅仅只是为了造福后代。"

"那么问题具体出在哪儿?"艾米问,"你在担心降雪。"

"进程出错了。"博士说,声音小到无论贝尔还是塞姆威尔都无法听见,"由于某种原因,环境改造的进程意外失败了。'此后'变得越来越不像地球。莫芬人来这儿要培育出一个国家,而现在他们只得走向消亡。"

"为什么?"

"我不知道。"博士说。

"但你有预感。"

"可能事情本来不该这样发展。"博士说,"可能'此后'这个地方转化起来太困难,或者主大气处理器发生了某种故障,或者……"

"或者？"

"没什么。"他静静地说。

"或者什么？"她紧追不舍。

"真的，没什么。"

她甩给他一个怀疑的眼神。

"好吧，"他说，"有可能……有某种影响在从中起作用。我以前……见过类似的情况，一两次吧。"

"什么样的影响？"艾米问。

"在我有把握之前，就先不要担心这个问题了。"博士说着，开始兴致盎然地沿着林间的积雪小径迈开大步。

"希望那只是一个故障。一个我可以修复的进程故障。"

"一个故障？"艾米问，眯起眼睛看着他。

"连故障都不是。"

"不是？"

"算不上故障。比故障要轻微。"

"有点故障？"她问。

"正是！"博士断言。他回头看着贝尔，"然后怎么走？"他欢快地喊道。

罗瑞怀疑自己跑不了多远了。他的肺部和双腿都在拼命奔逃之后疼痛不已，而他的心脏正如鼓点般狂跳。他几乎无法完成一次足够深长的呼吸。层层衣服之下,冷汗从脊背冒出。这绝对不是他会选择的度过圣诞节的方式。

他突然闻到了什么。那绝不是什么浓烈的气味,但在森林里,这种纯净大气之中却显得尤为突出。那是一种温暖的气味,潮湿而略带金属感,像洗衣店里绵柔的蒸汽,或是利德沃斯医院的后巷里工业化洗衣机的排放物。那是什么呢?在这么一个被冰雪封固的地方,什么东西会如此温暖潮湿?

他穿过树林来到山崖边。山坡在他脚下延伸开,缓坡上满是厚厚的积雪。坡底是一条河。河床相当宽阔,穿过峡谷的出口,飞流直下,进入右侧脚下深深的盆地。比他所站的位置更险峻的远处,满是树木。

这条河,一旦通过了被峡谷冰雪覆盖、错综复杂的灌木丛,大约有十到十二米宽。

河面已经冻上了一层厚厚的冰壳,前一晚下的雪又覆盖在上面,看上去像一整块苍白的混凝土延伸开来。峡谷显然将寒冷的空气阻隔在开放水域之外了。

罗瑞回头看,绿色怪物仍然在追赶他,步履艰难地穿过树林,偶尔抬起螯爪弄断树枝为自己开路。它现在落后三十米,离他越来越近。罗瑞虽然还保有一定的速度,但已毫无耐力。怪物始终在缓缓逼近。罗瑞知道自己不久又将需要休息。他透支了,就好像他跑了马拉松,却发现竟没有拿着保温锡纸毯和橙子水的人在等着他。

他当机立断。河对岸茂密的森林看上去提供了最适合躲藏的场所。河的存在也是加分项。绿色怪物身形巨大，显然很重。罗瑞相当怀疑冰面能否承受这样的重量，即便它看上去厚似防弹玻璃。

他猛地冲下河岸，差点摔倒滚落。他稳住脚步，像一个高山滑雪者一样一路往下滑。他在河岸边积雪的岩石和巨砾之间寻找道路，滑过曾是泥塘的零星冰块，来到河边。

罗瑞跪下探出身子，用手试探冰面。他使劲压，感觉冰面坚如磐石。作为一个护士，他曾见过很多人因为跌进结冰的池塘或湖面而造成低温损伤或更严重的后果。冒险在冰面上走实在愚蠢。不过话说回来，他用担架推进医院的事故受害者里，没有一个是因为被长着可怕红眼、携带镭射枪的两米高双足巨鳄追逐而被迫走上冰面的。

就在这时，绿色怪物出现在他身后的斜坡顶上。它转动着脊棱满布的脑袋看着他，午后的阳光反射到他的扇形红眼睛上。

罗瑞站起来，将一只脚踩在冰上，让它承受住他的重量，然后小心翼翼地抬脚离开了河岸。即使有雪花堆积，冰面仍然很滑，踩在脚下感觉就像一块加了清洗剂的滑溜溜的玻璃窗。他走出一步，接着又一步，张开双臂维持平衡，但仍东倒西歪。他脚下的冰面裂开了，发出那种从泡沫包装箱里取出电视机或微波炉时，聚苯乙烯发出的那种尖锐刺耳的抗议。

摇摇晃晃。他又踏出一步。又一步。再一步。

他回头一瞥，绿色怪物正走下山坡追赶他，一步步在深深的积雪中跋涉。它已经可以很清楚地看到他了。它现在已经能够向他射击了。他毫无掩护。

他又踏出了一步，然后又是一步。他已经差不多走过了一半冰河。

冰面在他的脚下四分五裂。

他直落落地向下，扎进了河里，就好像一处陷阱突然在他脚下砰的一声打开了门。掉下去的那一刻，他知道自己铁定完了。即便寒冷刺骨的河水没能真正使他冻僵而死，在这里要得到医疗救助也几乎不可能。他的体温将会迅速下降，无法恢复。他将会就此冻僵死去。

他向下沉，沉入水中。他准备好迎接可怕的寒冷。河水如此寒冷，使他甚至产生了虚幻的灼烧感。然后他意识到，那根本不冷。

冰面之下欢快流淌着的河水是温暖的。河水是暖的。

罗瑞挣扎着，困惑不解。他努力浮上河面，抬头望见了大光。冰面已有好几处碎开，是他造成的窟窿促使其解体的。温水正在融化窟窿的边缘，仿佛有腐蚀剂在起作用，不断地扩大洞口，形成通道。

他往洞口冲去,双臂挥动着,浸透了的大衣不断拖着他下沉。他终于冲破河面,深吸了一口气。寒冷刺痛了他的脸,河水的暖意几乎像噬骨严冬中的一种解脱。

噼里啪啦地一阵扑腾,他开始踩起水来,水流让他得以在自己钻出的冰窟窿中打转。

他看见了那丑陋可怕的追击者。它已经到达了岸边,正盯着他。他就实实在在地在它面前,而它似乎并没完全辨认出他来。

他想到了,热量。热量。它是在追踪我的热量。而现在我在热水里,就不容易被侦测到。它仍可以看见我,但我的热成像却难以被分离。

罗瑞深吸一口气,沉了下去。他完全不想被看见。他希望河水可以完全将他掩藏。

在热水里。当然可以做到。

他希望这条河可以带他一程,让那怪物寻不着他的踪迹。

有那么一瞬间,他想到自己的好运气,几乎雀跃。直到他发现水是温暖的之前,落入冰面之下似乎都代表着必然的死亡。而被围困在水中似乎意味着第二个必然的死亡,直到有迹象表明周围的热量迷惑了无情的追赶者。

然后罗瑞意识到,归根结底还是有一个不利因素。他在水下游着,随波逐流,试图在下游浮上水面,再深吸一口气。

但他发现自己仍在冰面下。他从下方敲击,希望它能被戳碎崩开,但它实在太坚固了——犹如橡木盖子覆在了河面上。没有空气,毫无缝隙。没有任何空间让他可以攫一口呼吸。

他不会死于体温过低或温度骤降。他也不会被巨大的绿色怪兽敲打或者爆击而死。

他只是要淹死了。

又深又脆又平坦

当他们跋涉过"将林"暗影绰绰的雪国，天空已经改变了色彩。抬起头，越过眼前的树林，艾米看见辽阔的天空如同湿润的石板。云仿佛在低语。瞬息万变的暮光洒落在林间。

雪光。她记得小时候见到过。在一个梦幻的黄昏，大地似乎比天空还明亮，预示着即将来临的降雪。那是一段奇妙的记忆，不过就目前的状况来看，降雪这件事可没什么令人期待的。

约莫一分钟之后，第一片雪花开始落下。雪花慵懒地缓缓飘落，一开始只是一片两片，像夜晚篝火的灰烬，或一只只昏昏欲睡的大黄蜂。

"胜利在望！"博士宣布，"已经不远了。"

雪有些大了，但还是很漂亮，像圣诞卡中狄更斯笔下的画面，而不是《南极的斯考特》[1]或《帝企鹅日记》[2]。用不着说什

---
1. 关于英国海军军官、极地探险家罗伯特·斯考特一行五人向南极点进发，并在返回途中无一生还的故事。1948年11月上映，获1949年全英电影票房第三。
2. 法国生态纪录片，2005年上映，获2006年第78届奥斯卡金像奖最佳纪录片奖。

么"我现在出去一下,过一会儿回来"[1]的话。

艾米调整着并指手套,注意到阿拉贝尔和塞姆威尔都被下雪这件事激起了相当大的兴趣。他们俩以前都没怎么见过雪,至少没见过这种正从天空中落下的、转瞬即逝的、奇形怪状的雪片。

"对他们来说很新奇。"博士察觉到了她的关注点。他立起了上衣的领子,单手将领子合拢在一起。

"像是拿到了最新的圣诞单曲?"她微笑着问。

"我并不是说这是件好事儿。"他回答。

"那就是一整张圣诞大碟咯?"她问。

她看着贝尔脱下手套,伸出一只手,任由雪片缓缓落在她粉红色的手掌心。塞姆威尔笑呵呵地伸出舌头来接雪花。

"你在想什么呢?"艾米问博士。

"我在想早期人类的小确幸。"他安静作答,"勇敢坚定的狩猎采集者小社群,对并不熟悉的降雪现象满怀欣喜,甚至都没有意识到这是即将到来的冰川时代的征兆,更没有意识到他们现在陶醉的东西会使他们挨饿受冻,最终会在半年内杀死他们。"

他冲双手哈了一口气。

"我们去这个纪念场看看。"他说。

纪念场离得不远。雪片幽灵般落下,跟群星移动时一样悄然

---

[1] 劳伦斯·奥茨的遗言。劳伦斯·奥茨是罗伯特·斯考特的五人南极探险队成员之一,严重冻伤的他为了不拖累队友,自愿走出帐篷后失踪,其尸体至今没有找到。

无声，林间空地散发出一种寒意凌人的美，随之而来的还有万千的愁绪。博士推测"将林"是早几代的莫芬人前仆后继建立起来的。小小的灰色墓碑看上去像一棵棵没能长出枝叶的小树，数量之多使艾米有些难以置信。它们就像树木的年轮，把它们全部加在一起，就代表了"旁处"建设者的艰辛和奉献精神。

贝尔带他们来到了她父亲的墓地。尽管积了薄雪，但并未掩藏住罐子和里面那束温室花朵。

"她来过这儿，"贝尔说，"只有维斯塔会这么做。"

"你不会这么做？"博士问。

贝尔似乎在思考如何作答，但其实并没有。仿佛这个答案太过忧伤，或太普通，或太无足轻重，让她无法大声说出口。

"贝尔也很想这么做，"塞姆威尔说，"但她一直都太忙了。我们都太忙了。维斯塔会记得那是什么日子。"

博士围着墓地转了两三圈，拇指抵着下巴，食指弯曲靠在唇上。

"这里只有她的脚印，"他说着指了出来，"只有她的。雪快要把脚印覆盖起来了。瞧，那就是她。脚印和长裙的痕迹，只是她的。好吧，现在还有我们的了，不过无视它们吧。她从我们来的路过来，沿着小径一直走。她是从种植区过来的。但她后来没有再走这条路，她朝另一个方向去了。"他转向贝尔，"她还有可能去哪儿？"

贝尔耸耸肩,"没处去了。她会迟到上工。向导的钟声会响,她只会往回走。"

"这条路呢?"博士一边问,一边随着正在快速消失的脚印循了过去。

"没什么,"塞姆威尔说,"如果你往那儿一直走,我猜最后会走到'遥地'。第三稳定场大致在那个方向。"

"只是大致。"贝尔说。

他们全都眯眼看着落雪纷纷。天色暗下许多,已经很难辨认出山峦黯淡起伏的轮廓。

"她正要去什么地方。"博士轻快地在前面带头走着。脚印一路将他们带出了纪念场,深入森林。博士一边走,一边指指地面。

"看,"他回头大喊,"直线!她没有徘徊,没有到处乱逛。这是一条非常坚定的直线。"

"也许她看见了什么。"艾米猜测道,努力跟上他的脚步。

"看见什么?"贝尔紧跟在塞姆威尔身后,问道。

博士突然停了下来。"那也是一条异常坚定的直线。"他说。雪地里有另一组脚印,与维斯塔的路线交错成T字形,同样在落雪后渐渐隐没,但由于其尺寸较大,所以并没有消失得那么迅速。

"那是什么造成的?"艾米非常谨慎地问。

"我不知道。"博士说着蹲下检查,用手比画着测量尺寸。

"它们很大。"塞姆威尔说,声音里透着一丝忧虑。

"是的。"博士说,"它们很大。"他站了起来,"它们先来的这里,"他说,"她偶然遇到了这串脚印。"

"你怎么了?变成'最后的莫希干人'[1]了不成?"艾米问。

博士看着她。

"是贝登堡[2]教我初谙跟踪之道的。"他回答。

"还能有谁?"她回道。

"钦卡奇可[3]不过是改进了我的一些技巧。"博士说。

"钦卡奇可是一个虚构人物。"艾米回敬道。

"是吗?"博士问。

"对,是的。"艾米说。

"或许只有费尼莫尔·库柏得到准许来写这个故事?"

"你们在说什么呢?"贝尔问。

"真正的问题,"艾米回答,仍然望着博士,"是我们为什么要谈论这个,因为这真的是场愚蠢的对话。"

---

1. 《最后的莫希干人》是《皮袜子故事集》中最为著名的一部。《皮袜子故事集》是美国作家詹姆斯·费尼莫尔·库柏的系列小说,一共五本。主人公是纳蒂蒂·班波,他被欧洲移民称为"皮袜子""探路者""捕兽人",被印第安人著称为"猎鹿人""最后的莫希干人""鹰眼"。
2. 罗伯特·史蒂芬生·史密斯·贝登堡(1857-1941),第一代贝登堡男爵,又称B-P、贝登堡勋爵、贝登堡,英国陆军中将、作家、童军运动创始者,第一任英国童军总会总领袖。
3. 钦卡奇可是小说《最后的莫希干人》中的莫西干酋长的名字。

"你先起的头。"博士说,把话题转回到脚印上,"瞧,她来到这里,发现了脚印。"

"巨型脚印。"艾米说。

"巨型脚印,没错,然后她掉转方向回树林了,非常匆忙。"

"因为害怕?"贝尔问。

"也许是害怕了。她没有折返,只是匆匆走开了。来吧。"他补充道,随即循着新的足迹开始追踪。

"慢一点,大卫·克罗科特[1]!"艾米跟在后头大喊。

"大卫·克罗科特是个很差劲的追踪者!"博士回头喊道,"可爱的家伙,他的帽子也不错。不过追踪方面的能力实在是过誉了。"

他又一次停了下来。他们现在抵达了纪念场北端附近的一处小林地。

"怎么了?"艾米问。

"噢,天啊!"博士说。

"怎么了?"艾米重复。

"这儿发生了一些不好的事。"博士轻声说。

塞姆威尔和贝尔从他们后面跟了上来。

---

[1] 大卫·克罗科特(1786-1836),美国政治家和战斗英雄,服役期间曾参加了对克里克印第安人的战争,后作为田纳西州众议员进入美国国会。在关于他的漫画作品中,他通常戴着一顶浣熊皮帽子,这成为了他的标志性形象。

"那是不是……"塞姆威尔问。

"那是血。"贝尔说。

雪已经下得很大,但并未完全消除渗入地里的暗色斑迹。

"没错。"博士说,"而且,我恐怕这儿有很多很多。"

在他溺死前的十秒,罗瑞终于得以在湍急的暗流中找准位置,刚好够他拼尽最后的力气,向上伸拳往冰盖上砸,就像是去打破水族馆的展示玻璃缸一般。那声音同他心脏的咚咚声一样沉闷。毫无进展。

光线在冰层的过滤下显得很奇怪,产生了一种黯淡的蓝绿折射。河水出奇地温暖,汹涌的泡沫漩涡混着闪烁的气泡裹着他向前。他随之颠簸,上下颠倒,擦过冰盖时还伤到了脑袋。

在他溺死前的五秒,他没能最后给冰盖来上疯狂的一拳。

在他溺死前的三秒,水流加快了,将他冲过某种水下闸口或是暗门。

在他溺死前的一秒钟,他不再溺水,又开始呼吸了。

头上不再有冰。

他浮上水面,接触到冬日的空气。他大口地吸气,就好像是在狂饮,以填满他烧灼的、感觉快要爆炸了的肺部。

他又沉了下去,想起来要踩水,然后手忙脚乱地浮了起来。

双眼扑闪着水花,他想要搞清楚自己的处境。他在一个池子里，就像是一个大型磨坊的池塘。几不成形的泥泞冰块漂浮在水面，但最终逃不过被融化的命运。

这条河在封冻的冰壳下将他一路往下带，通过一道闸门，把他扔进了池塘。他仍然琢磨不透，为什么深在寒冷表面之下的池水是暖的。想必有某种被人工加热的水注入了里面？

无论答案是什么，都不是他最为关切的。不同寻常的温水使他得以逃过冻死的命运，但他仍处在冰天雪地的天气里，身在户外，浑身湿透。他必须想办法出去，想办法弄干自己，找到地方躲藏。

池塘被成熟的树木遮蔽，两侧均有建筑围绕。它们看上去是由木头和石材建成，并带有灰色的金属镶板。了无生气的侧面墙上，布满青苔和地衣，似乎在上面也有些年头了。而一些金属的钉子和螺栓都已经腐蚀发绿。建筑几乎悬在池上，有一部分像大坝或是过滤装置的闸阀一样，向外延伸到水体中。

罗瑞随着池中缓和的水流游动，水势因闸门而变缓了许多，带着他向有外凸部件的地方漂去。他抓住了某种金属管件。金属的冰冷让他的手掌生疼。他沿着框架结构一路向前，双手交替，将自己拖过水面，直到靠近一道金属小堤，于是爬出了水面。他感觉自己有一吨重。

他站起来的时候，水从吸得饱饱的衣服上倾泻而下，在脚下汇聚成河。

他浑身冒烟。他可以感觉到寒气钻进皮肤,将他的衣服变成了沉重湿冷的绷带。

他沿着堤岸一直走。这些建筑无疑属于某种水动力磨坊。河水通过闸门引导进入集水池,以驱动隐藏在能效结构中的涡轮系统。建筑看上去很古老,但技术却显得很现代化。罗瑞早已习惯了不去理会这种不合时宜。

天空改变了颜色,仿佛放酸了的奶,大片的雪花开始落下。罗瑞知道,他必须在失去过多核心体温之前想办法进入其中一栋建筑。

并没有门的明显标志。

他沿着堤岸走,走上了两栋建筑之间由木板铺就而成的勤务走道。

这里没有雪,似乎是内部的热量使积雪在这里无法形成。要是他能够进到里面……

他突然想起来要环顾四周,看看是否有追兵的迹象。他不知道河水将他带出了多远,但即使绿色怪物有最轻微的可能还在追赶他,这个想法都能让他心脏狂跳。

他回头观察池塘的水闸,又冲河对岸的树林里看了看。除了绿色的树影和飞雪,他什么都没有看到,雪已经下得非常大了。

绿色的树影给绿色怪物提供了完美的掩蔽,个头多大都没有问题。

他循着环形走道继续向前。肯定会有一个舱门或是入口在某个地方出现。

他停住了。他听见了什么。他分不清那是什么声音。嘎吱嘎吱的脚步声？冰雪的咔嚓声？承受不住积雪而折断的树枝？

那声音很近。那怪物已经再次明确他的方位了吗？它怎么会那么快追上来？他不禁毛骨悚然，湿透的衣服加剧了这种感觉。他发现了一道舱门，在走道的最末端，那肯定是一道舱门。

他回头看了一眼身后。

只那么一瞬，他看见了一双红色的眼睛一闪而过，仿佛一道血光。红色的双眼，就在周围暗色的树林里头。

红色的双眼搜寻着他。

他赶忙向舱门跑去。往回看，他已经看不到那双眼睛。他听见一些声音，那是踩在金属走道上的脚步声。

有什么东西上了堤岸。有什么东西在移动着。

罗瑞到了舱门前，上面有一个嵌入式的把手，是按人类的尺寸建造的。

他伸手去转动把手。舱门未锁。他将门拉开，走进里面，甚至都不关心会有什么在里面。暖意包裹着他，黑暗环绕着他。他听见堤岸上又传来脚步声，更近了。他赶紧拉上舱门，将它锁在身后。

他环顾四周，发现自己正处在某个涡轮之上的机器空间里。

他能听见水流的冲击和轮毂的转动，或者说是自下而上的螺旋系统在运作。这里面很黑，但要比外面温暖得多。

他在舱口蹲下。他可以听见外面的任何动静。他可以听见它沿着堤岸走，然后走上木板。他将手放在门闩上，以防门从外面被打开。有东西接近了舱门，走过之后又折返回来。他屏住呼吸，那东西开始刮擦抓挠内嵌把手。他可以听见深而尖锐的呼吸声，还有破碎的、哮喘般的喘息。

它试图进来。它正在试图进来捉他。它知道他在这儿。

刮挠和门锁的咔嗒声变本加厉，似乎门外的怪物拥有超大的双手，无法插入门上的凹槽，于是它改作捶打舱门。呼吸声越发吃力，已变成咕噜咕噜的声音。

对方突然停止了努力。罗瑞等待着，紧握住内侧的把手。他听见一记声响，差不多是人的说话声，随后是一系列动作。

绿色怪物的武器发起可怕的攻击，一阵接连不断的爆击，隔着舱门在外面尖啸。这让他跳了起来。他的耳朵被震得生疼。似乎击中了什么。有什么东西倒下了，或者是撞到了什么特别重的东西。武器再次发射。

悄然无声。

罗瑞等了很久，几乎不敢呼吸，也不敢动。他等着怪物有进一步行动，但听不见任何动静。

他一动不动地等待着，直到已经等了足够久，确保安全之后，他才轻轻地站起来，开始在黑暗中摸索，看是否能在这栋建筑中找到更为稳固的藏身之所。

他意识到自己不是独自一人在这栋建筑之中。他是在说出"等等"这个词的时候，立即意识到了这一点。而意识到这一点之后，他便立即被什么东西重重地当头一击，砸晕过去。

夜空中的群星

"是吗?"艾米低声问,声音听起来闷闷的。这是因为雪已经使她的脸麻木,而且她也不想让塞姆威尔和贝尔听见自己的话。出于同样的原因,她的问题也刻意问得很模糊。

博士瞥了她一眼,摇了摇头。艾米知道那是《博士密码手册》中代表"不知道,但我打算对目前的局面保持积极谨慎的态度"的意思。

"但那会不会是……"她问,在提及"我们正在找的那个女孩?"之前拖了老长。

博士蹲在林地中间,检查渗入雪地的污渍。他的膝盖与双耳在一个水平面上,极像一只睡莲叶上的青蛙。

在他的周围,最初风景如画的降雪已经完全变成了一场暴风雪。雪片的密度让能见度变得很低,而积雪也正在迅速覆盖地上的所有痕迹。艾米耸起肩,窝进了她帽兜立起的粗呢大衣里,像一只漏斗罩住了她的头。塞姆威尔和贝尔从林地边缘望着他们,在听力所及的范围之外。贝尔担惊受怕得厉害,塞姆威尔正努力让她冷静下来。

"我不知道,我不知道。"博士喃喃自语,"我不知道,我希望那不是。"

"我们不能在外头再待下去了。"艾米感觉非常有必要频繁提醒博士,以免他忘记了所处的状况。

"我知道我们不能。"他说。

"博士,这就是你所说的那个东西吗?那个……你所谓的'影响'?"

"不,"博士说,"那正是问题所在。这很奇怪,这不合理。我的直觉显然是错了,我的直觉错误了。我得回到原点从头来过。"

"那你是准备重新直觉一下?"

"没错。"

"归根结底,这也许只是个事故?"

"不,庞德。一个事故,无论多大,都不会把东西扯得四分五裂,血流满地。"

"至少没见到任何尸体。"艾米说,想要积极正面一点。

"没有必要见到尸体。"博士说,"在这儿流血的,无论是什么,都已经流得足以致命。尸体很可能就在附近横着,只不过我们未曾发现罢了。"

他迅速站了起来,头发和睫毛上满是雪花。

"别让阿拉贝尔四处看,"他对艾米耳语道,"要保证她能冷静,保证她留在这儿。我不希望她……找到她妹妹。"

艾米点头。阿拉贝尔就在附近,像是雪中幽灵,站在一棵树下,失魂落魄。

"想办法让她有什么事情做。别让她往最坏的方向想。"博士说。

"我去问她知不知道这片区域附近有什么地方可以让我们躲一躲。"艾米说。

"好主意。"

艾米往阿拉贝尔那里走去。博士继续在空地徘徊,仔细察看脚印和痕迹,就好像他只是在一个碰巧下雪的实验室里一样。

塞姆威尔过来找他。"我在那里找到了这个。"他静静地说,手里攥着一些吓人的东西,偷偷地展示给博士看。那些东西几近黑色,像大块的煤。

但它们不是煤块,而是一块块骨头,裹着凝结的血。

"噢,天哪!"博士说。

"没事的,"塞姆威尔说,"这不是维斯塔的骨头。这些是绵羊的脊骨碎块。"

博士从塞姆威尔手中捡起一块黏糊糊的骨头,仔细检查。

"我想你是对的,塞姆威尔。脊椎骨……羊的……"

"我懂羊。我的工作就是饲养它们,看管羊群。"

"是只绵羊。"博士喃喃自语,如释重负。

"这里被杀掉的是一只羊,"塞姆威尔表示同意,"就像今年冬天其他的那些家畜一样。我们认为那是一只跑出去的野狗干的。向导救救我们吧。"

"它被吃掉了,"博士说,"生吞了。只剩下一些碎骨。"

"狗会那么做,"塞姆威尔说,"一条饿犬。"

"是的。"博士说,"但仅仅在几小时之内?这骨头还是新鲜的。鉴于污迹仍留在雪地里,这应该是昨晚以后发生的事。即使是一条饿急了的大狗,有可能在这段时间里吃掉一整只羊吗?"

这个问题引起了塞姆威尔的警惕。与此同时,他看上去已经开始冻得发紫。

"我们得找地方躲一下,"博士说,"天气越来越糟了。"

"有一个风棚,"塞姆威尔告诉他,"在'将林'的边缘,距离这儿大约一英里。"

"风棚?"

"牧人用的棚屋。夏天我们赶羊穿过林子去丰茂之地的时候会用到。向导知道,我们去那儿要比回'旁处'近多了。"

"好的,很好。我们最好现在就走。"博士说。

他们准备动身,低下头走进狂风里。雪打在他们脸上,锐利刺痛。塞姆威尔认得路。

在他们沿途跋涉的时候，博士思索着塞姆威尔所用的这个词。"风棚"，又一个莫芬人的新词汇，想必是派生自"风"这个词，羊倌可以在那里躲避风这一自然伟力。在澳大利亚，人们称之为"守望亭"。而在挪威，人们称其为"牛棚"。在乌纳里斯奎多克星球，他们将自己所放牧的有蹄反刍动物称作"浣塔洛普"，而不叫绵羊，他们管这种小屋叫"宾班巴拉本哈姆歇根"。博士始终认为那不过是给简陋棚屋贴上华而不实的标签罢了。在苏格兰高地，它们被叫作"茅屋"。

雪总是让博士想起苏格兰。那是他非常喜爱的一个地方。距今多年之外——不一定是以前，因为"以前"对一名老资格的时间旅行者来说，是个相当愚蠢的概念——距今很多年之外，他另一段人生侧路上，有一段奇特的人生经历。博士造访了苏格兰，并在那里交到了一个好朋友，一个叫杰米·麦克里蒙[1]的高地人。杰米后来同博士一起旅行了一阵。他们一起去了一些地方，共同做了一些事。有几次，他们陷入了很深的积雪以及更大的麻烦之中。一想起雪，还有杰米，博士就又产生了最初那种忧心忡忡的直觉。这直觉是如此坚定，即便证据不足以支持，也无法让他动摇。

"我们应该继续找。"阿拉贝尔说。

---

[1]. 生活年代约在1746年前后，第二任博士的同伴，经常出现在1966至1969年期间的电视剧中。后在漫画、小说、广播剧中均有出现。

"这样的天气,我甚至都看不见自己面前的手。"塞姆威尔说。

"她会冻死的。"阿拉贝尔说。

塞姆威尔伸出手臂抱住她,给她领路,用自己的衣服为她遮挡风雪。"向导知道,如果我们先冻死了,对她也就没有用处了。"他说。

博士停了下来。

"怎么了?"艾米问。她正咬紧牙关,这样她的牙齿就不会打战。

"有东西,"博士说着,环顾四周,"在附近有东西。"

无论远近,现在都很难看得清楚。雪下得很猛,疾风乱舞,艾米隐约感到夜晚已经来临,已经从暴风雪这里接过了让一切如此昏暗的责任。在附近树木的漆黑树干映衬下飘舞的雪花,是她唯一能够辨识的景象。

"我什么都没看见。"她说,从鼻子上擦下雪珠。

"我也没有,但我感觉到了。"博士说。

"什么,像是第六感吗?"

"模糊得多。模糊得多得多。最多是第九或第十感吧。"

博士又在原地旋转了一周,弹出了音速起子,扫描之后又将其关闭。思考的时候,他用起子的末端轻轻敲打撅起的嘴唇。

"我们得继续走。"艾米说。

"我们得继续走。"博士同意,"塞姆威尔?"

"往这条路走,还得走一段距离。"塞姆威尔回答说,"我们已经接近丰茂之地的边缘了。"

树林间有一个缺口,地面凹陷,积雪在那里陷得更深。堆积的雪正在缓缓移动。

博士又停了下来,再次环顾四周。他又开始用那嘤嘤作响的起子装神弄鬼。"我们走快点,活跃一下气氛吧。"他微笑着说。

这微笑没能对艾米的哆嗦发挥任何积极作用。

"等等!"罗瑞说着,坐了起来。

当然,既然已经被钝器击中了脑袋,并且被敲到失去意识,说"等等!"什么的早就为时已晚。即便如此,他还是说了。然后脑袋里的阵痛使他不住地呻吟,让他知道那得疼上好些天。

"哎哟,"他用手扶着额头,"哎哟……哎哟哟哟哟……"

"别乱动。"一个声音警告他。

"好的。我现在除了坐在这儿,感受这痛楚之外,真的没有什么其他计划。"他回答。

他摇了摇头,想要消解一些疼痛,而这起到的作用正如摇动雪景球以看清里面的景象一般,适得其反。

"哎哟哟哟哟……"他有气无力地呻吟着。

"别乱动,否则我再打晕你。"那声音说。

"请别那么做。"罗瑞说。

"上一次我也不是故意的。"那声音里透着一丝若有若无的关切,"我以为你是……那东西。"

"真的?好吧,我不是。"

"我现在发现了。"

"我很高兴我们把话说清楚了。"罗瑞说,"但我的脑袋还是非常痛。你用什么东西打的我?"

"这个。"那声音说。

磨坊的库房仍然很黑,涡轮隔着楼板在下面嗡嗡作响,但一盏调得非常暗的小金属灯多少拂去了一些昏暗。就着它细微的琥珀色灯光,罗瑞得以隐约辨别出周围满是灰尘的机器,以及一个蹲在对面的人影。那人影握着一把木槌。

"好极了。"罗瑞说,就算是说话也会觉得疼,"要用来打人脑袋的话,那看上去可真是个非常结实的玩意儿。我说不定得了脑震荡。"

"你再不安静下来,我就再用它抡你。"

"别那么干!你为什么要打我?"

"因为我觉得那东西还在外头呢。"

"那东西?你是说?"

"是的。你想必也看到过它了。"

罗瑞点了点头,随即将点头列入了"现在避免去做的一系列事情"之一。

"我见过。"他说。

"那红眼睛……"

"没错。"罗瑞说。他小心翼翼地摸着自己的头皮,在左耳上方发现了一个鹌鹑蛋大小的肿包。那里擦伤得相当严重,光是碰一碰就让他想要喊出一些不合时宜的词句。"它追我。"他改口说道。

"还有我。"那人影说。

罗瑞微微调整了一下姿势,好让自己靠着机器的木质基座。

"别动,不然我打你!"那声音命令道。

"我以为我们已经明确了,我不是那怪物。"罗瑞说。

"我不知道你是什么。"手持木槌的人影说。

"我看上去像吗?"罗瑞问。

"不像,但那是个邪恶的东西,最可怕的邪恶之物,因此它很可能用妖术转变自己的外形。它很可能会使用虚假的伪装。"

"我这个样子,谁会使用这副伪装?"罗瑞指着自己问道。他眯眼往昏暗中看去。灯光调得太过微弱,他能辨别出的只有一个帽兜和穿着长袍的大致外形,还有木槌。

"似乎不太可能。"那人影承认道。

"那你能不能把木槌放下呢?"他提议道,"或者拿着它的时候,至少把警报等级降到最低?"

"你的口音很奇怪。你叫什么名字？"

"罗瑞，我叫罗瑞。"

"罗……瑞？那……那可真是个邪恶的名字，毫无疑问。"

"我肯定那并不是，不过随你怎么想吧。"

"你不是从'旁处'来的，否则我会认出你。你是从哪个种植区来的？"

"利德沃斯。我是从利德沃斯来的。"

"根本没有种植区叫这个名字！"人影断然反驳。

"你知道吗？我想很可能会有一些'种植区'什么的，是你连名字都没听说过的。"

"那不可能！"

"好吧，你可以用木槌随意打我的头，无论你打多少次，都不会改变这个事实。"

一阵犹豫不决的停顿。

"那么，这……这个种植区在'此后'的什么位置？"

罗瑞望着戴帽兜的人影。"不该又是你提问。"他说，"到目前为止我已经回答了你的问题，我告诉了你我的名字，而且我认为我已经对你用槌子打我的脑袋这件事非常大度了。且不管别的事，我这一天过得特别不怎么样。所以接下来我想你可以回答我一个问题：你是谁？"

人影迟疑了，然后扯下了帽兜。灯光勾画出一张苍白的小脸,挂着两道泪痕。罗瑞相信那是受挫气恼的产物,而非软弱。

"我叫维斯塔·弗拉瑞什。"她说。

"啊,"罗瑞想起跟他搭过话的那些男人提到的只言片语,回答说,"大家正在找你。"

降雪有所减缓,能够让人看出冬日的夜已经来临。一堆堆厚厚的灰色积雪云,像羊毛线团一样粗糙稠密,低矮地横挂在空中,点缀着清冽寒冷的夜晚。偶然早现的星星在澄清的夜幕里闪烁,像躲在玻璃后的小彩灯。

暮光中,雪景染上了紫罗兰的颜色,树林也透着木槿花的浅紫红。雪仿佛白噪音一般,现实似乎也有点失真。博士、艾米、阿拉贝尔和塞姆威尔跋涉着穿越"将林"的边缘,只听得他们在新积的雪地上发出嘎吱嘎吱的脚步声和呼哧呼哧的喘息声。每一次呼气所产生的白气,都立即飘散在身后。博士知道他们在外头待了太久,有点用力过猛。他们急需暖气和庇护。目前的天气对他伽列斐人的构造来说倒是完全没有影响,但人类的肌体代谢很快就会停掉,带来灾难性的后果。

"你在不停地往身后看。"艾米说。

"是的,没错。"博士回答。

"为什么?"

"只是想看看后面的雪是不是下得跟我们面前的一样大。"

"到底为什么?"

"没什么原因。"

"你用音速起子干什么呢?"她问。

"只是在做设置。"他回答。

"设置什么?"

"不一样的设定。"

"为什么?"

"只是以防万一。"他说。

"万一什么?"

"没什么。"

"哦,我肯定会超傻气地捶你一顿,要是……"

"看啊!"贝尔大喊。

他们循声望去。她向上指着空中,飘雪的云崖之间,有一片清澈的夜空。

星星在闪闪发光。

其中一颗正在移动。

悄无声息。仅仅是一道白光,并不比其他星星大多少,但却正自东往西划过天空。

"我告诉过你,"贝尔说,"就像我之前看到过的。"

"那是一架飞机。"艾米对博士耳语。

"太高了。"博士回答,"况且,'旁处'这儿的人并不拥有飞机。"

"那会是什么?"

"轨道上的什么东西。"博士说。

"航天飞船什么的?"艾米问。

"无疑是像航天飞船的某种东西。"他表示同意。

她嫌弃地朝他皱着眉头。

"好吧。"他说,"是一个很像航天飞船的东西,你也可以用'航天飞船'这个词。我的猜想是,那是深空临时停泊轨道上的一只星际飞行器,但也可能是某种着陆器或穿梭机在做缓慢的低空降落。"

"博士,"艾米小心翼翼地说,"这个星球被什么东西入侵了吗?"

"它早就被入侵了,"博士回答,"早在二十七个世代之前,就被往时地球的莫芬人入侵了。我想,有其他人前来争夺所有权了。"

艾米没有理会这个答非所问的回答。"说真的,这个星球,"她谨慎地选择确切的用词,以免得到模棱两可的回答,"要被入侵了吗?"

"不,"博士说,"入侵早在数月之前就开始了。我们只是刚刚注意到罢了。"

"你们在说什么呢?"贝尔听到了最后的只言片语,问了起来。

博士停了下来,一根手指竖在唇前。其他人也停了下来,看着他。他们嘎吱嘎吱的脚步声也停了。在想搞清楚他听见了什么的同时,大家即刻屏住了呼吸。

他们仍能听见嘎吱嘎吱的脚步声,也仍能听见呼哧呼哧的呼吸声。这儿不止有他们。贝尔瞪大了双眼。塞姆威尔惊掉了下巴。艾米眼神犀利地看着博士,无声地要求解释。博士四处张望,查看每一个方向。他最先看到了那些从雪地涌现的身影。

至少有五六个身影,从后方接近,正在从左到右包抄他们。这些灰绿色的身影,像正在走动的高大粗壮的树干。它们步履蹒跚,跋涉向前。艾米确信,肯定能有一个词儿来形容它们现在的举止,但她绞尽脑汁想出的词儿,没有一个能形容出那令人畏惧的感觉。

它们身形魁梧,躯干异常庞大,双拳好似螯钳。它们的双眼在异样的幽暗之中闪烁着红光。

它们的呼吸听来好似破风箱:悠长、潮湿、颤抖。

"结果我的直觉是对的。"博士说,尽管听起来一点都不乐意自己的猜测得到证实。

"它们是什么?"艾米问。

"它们是邪恶之物!"塞姆威尔大喊。

"卧倒!"博士下令。

"它们是什么?"艾米并没有卧倒,而是又问了一遍。

"噢……卧倒!"

"它们是什么?"艾米重复。

"它们是冰雪战士。"博士说。

乃是露宿荒野的穷苦牧人

艾米茫然地看着他,"我应该知道那是什么意思吗?"

"不!"博士大叫,"但就算是你,也应该明白'卧倒!'的基本意思!"

他们四人在雪地里卧倒。巨塔般的绿色战士在大约十米远的地方停下来,围成一个半圆。它们全都一动不动,仿佛雕像一般。雪落在它们雕塑般的肩膀和布满脊棱的头骨上。

其中一个战士从胯旁抬起右臂,手腕上方某种管状的东西对准了他们。

那东西……冰雪战士……说了些什么。艾米可以看见令人生畏的面罩下缘,那爬行动物紧绷的双唇正在动。她无法辨别出任何一个词,听起来像是高压下从内胎进出空气的声音。

"别抬头!"博士说。他着了魔一样摆弄着音速起子。

冰雪战士发射了武器。它发出艾米听过的最令人不快的声音,而她曾在"寰宇流行音乐榜"上听过多次类似的可怕声音。这是一种能够波及内脏的颤响,一种搅乱空气的脉冲。这一记爆破,使空中的雪花形成了一个水平的漩涡。在他们四人身后,一棵坚实的大树剧烈地颤抖,枝干上的积雪因受到能量的冲撞而纷纷落下。树皮开裂破碎,蒸汽从破损的裂口中冒出。

"向导啊!"塞姆威尔惊叫。

"那只是警告性射击!"博士告诉他们,"它们想要我们活着。"

就像要证实博士的话一般,冰雪战士再次开口了。这一次,艾米能从凶猛的嘶吼中分辨出大致的破碎词句:

"投……降……"

博士跳起来面对巨塔般的外星人。"今天不行,谢啦!"他大喊。

"博士!"艾米尖叫。

冰雪战士对准博士开火,但博士早已启动了起子。这个装置颤动的声响似乎扼杀并终止了那武器令人厌恶的噪音。

冰雪战士迟疑了,显得十分困惑。它又试了试自己的武器,而这次它一点声音都没有发出来。博士继续将鸣叫着的起子对准这些巨人。冰雪战士嘶吼出一声简短的指令,于是其他同类一齐瞄准,全员开火。

它们的武器管没有发出任何声响。

"是时候逃跑了!"博士大叫,"逃走!赶紧!"

其他人站了起来,犹豫不决。

"快点!"博士大喊,仍旧对准冰雪战士挥舞着颤动的起子。"起子产生的声波与它们的武器所生成的极性相反,抵消了噪音。噢,赶紧跑,求你们了!它坚持不了太久!"

他们全都开始逃了起来。

"塞姆威尔,另一边!"艾米下令。

塞姆威尔转过身,不再朝冰雪战士方向去,而是开始跟他们一起逃。惊愕让他丧失了应变能力。阿拉贝尔提起长裙,好跑得更容易些。四人猛冲进阴森树林间的雪地,博士殿后,继续将起子的发射方向指向身后。

冰雪战士立即开始穿越雪地,追赶他们。

"我们甩开它们了!"艾米大喊,一边往后看。

"是的,"博士表示同意,"但它们是不知疲倦的!"

他的起子突然不作声了,前端自动缩了回去。博士一边跑,一边晃动着它,往手掌上敲打。

"我们暂时只能用它到这种程度了!"他喊道,"继续跑,别让它们瞄准你!"

他们身后,响起了武器管的脉冲声。艾米左侧几米远的一棵细瘦的树从树干中间爆开,上半部分被拦腰剪断。艾米放声尖叫,赶紧避闪,跳着躲开了倒在她跟前的半截树干。

"往这儿!这边走!"博士催促道。又有两三道令人不快的脉冲在他们身后激发。又有一棵树被截断。塞姆威尔身后的雪堆被掀飞,看上去像棉花厂里的一场爆破。

面前的树木变得越来越稀少。他们来到了"将林"的边缘,开始往更远的开阔放牧场地跑去,那是塞姆威尔称为"丰茂之地"的区域。

没有树,就意味着没有掩护。如果他们继续跑,那就是个活靶子。

"我今天早上出门去爸爸墓前献花。"维斯塔·弗拉瑞什静静地告诉罗瑞。他们微微调亮了一些太阳灯。除了她的声音,只剩下他们下方涡轮转动的声响,还有大如冰雹的雪片砸在库房屋顶和墙面上的咔嗒声。外面雪下得正大。

"我当然想在向导之钟敲响之前回去。"维斯塔说,"但这种天气去纪念场,要走很久才能到。那地方在'将林',你知道吗?"

"我不是这里的人。"罗瑞说。

她点点头,"好吧,我当时在那儿,正当我要离开的时候,看见有颗星星在动。"

"一颗星星?"

"是的。"

"在动?"

"是的。会动的星星,在天空中飞过。很美,好似一个征兆。"她想到这里的时候,脸色沉了下来,"像一个凶兆。他们是那么说的。贝尔看见了。"

"贝尔?"

"我的姐姐,阿拉贝尔。其他的莫芬人也看见过。在整个冬季期间,有一颗星星随意移动,带着凶兆。他们说这预示着正在发生不好的事情:寒冷,杀戮。"

"杀戮?"罗瑞问。

"杀戮家畜。你在自己的种植区看到过会移动的星星吗?"

"没有。"

"噢,"她说,"总之,我跟着走了一会儿,想看看它会怎么样。我跟着它进入了'将林'的更深处,也就是在那时候撞见了雪地上的脚印,巨大的脚印。它们实在吓到我了。我不知道那是什么留下的。我祈祷向导能够保护我,然后我开始逃。然后……"

"然后?"罗瑞问。

"我可以说是在树林里自投罗网了。"

"自投罗网?"

"是的。"

"遇到了红眼睛?"

"向导作证。"维斯塔说。

"见到怪物当然是很可怕的。"罗瑞同意。

"我当时害怕极了。"维斯塔点头,"它想要捉我,但我逃跑了。我跑啊跑,一直跑。"

"它对你射击了吗?"罗瑞问。

"射击?"

"用枪。"

"没有。我不知道它有枪。我们在种植区里没有枪。是那种能打出火药丸子的东西,对不对?"

"差不多吧。"罗瑞回答,"它对我开火了。"他想了一会儿,"实际上,它没有射中我。我遇到了一些人,他们肯定是在找你,而且因为他们不认识我,就像你不认识我一样,他们就认为我非常可……"

"他们以为你什么?"

"狡猾……嗯……他们想知道我是谁,还有我在干什么。然后它就过来了,打得十分激烈。它射中了一些人。它有那种可怕的……声波枪,就好像在发射声波。我没法解释得更好了。我想它伤到了其中一些人,它也许杀死了其中几个。"

"噢,救救我们!"维斯塔说,"它杀死了'旁处'的人?"

"我想有这个可能。我很遗憾。"

"都有哪些人?"她问。

"我不知道,"罗瑞有些无助,"我不知道他们的名字。我们当时才刚见面。混乱中,大家都跑散了。我逃跑了。就像你一样,我一路逃。它本来也能够打到我的,但它没有。它就那么一个劲儿追我。"

"就好像它想要……捉住你?"

罗瑞点了点头。抽痛的脑袋提醒他,那真不是个好主意,于是又不由得抽搐了一下。"我当时是那么觉得的,"他说,"那不是什么好主意。我一直在想为什么。但无论如何,我跑了。"

"这就是你最终来到秋日磨坊的经过?"

"哪儿?"

她大笑,"这儿!秋日磨坊!"

"好吧,我不知道这儿叫什么。"

维斯塔的长裙子看上去又脏又破。她漫不经心地将它们在膝上抚平。

"我来这儿是因为,这里是我能想到的最近的躲藏点。"她说,"为了摆脱它,我跑了很长一段路。等我想搞明白自己正往哪里去的时候,才意识到我往'旁处'的反方向走了。我这么做真是A类蠢。我确定自己的方位后,推测出秋日磨坊是最适合遮风挡雪、避寒取暖的地方。"

"这里的水为什么是热的?"罗瑞问,"即便在冰面之下,水也有热度。我从冰上掉下去了,所以知道。"

"难怪你看上去是这个屎样子。"维斯塔说着耸耸肩,"因为这儿有稳定场的水流进来,所以会是暖的。这些水源,确切说是来自第二稳定场。那是个热交换系统。向导教导我们,水在稳定场里是用来冷却的,接着排出,然后磨坊把热力收集储存在种植区的存储池里。光能、风能、水能,我们所有的能源都取自自然。磨坊秋动地从水流中获取能量。"

"它们……怎么动的?"罗瑞问。

"秋动地。"

"自动地[1]?"

"好好说话!秋动地!你小时候没上过学吗?"

"一点点吧。"

她打量着他,似乎要从他的脸上读出点什么东西来。仅仅有人陪着说话似乎已经让她振作不少,而且还减轻了这显然很不愉快的一天所导致的创伤。类似的情形罗瑞见过多次。些许闲聊,或者找机会大声说出心里的话,就会让人心情好起来。

"罗瑞,你是做什么工作的?"她问,"让我猜猜。你是个羊倌吗?"

"不是。"

"那就是个种植者。肯定是!一个种植者。"

"不,实际上,我是个护士。"

---

1. autumnatically(秋动地)是automatically(自动地)的变音。

维斯塔盯着他看,困惑不已,"一名护士?你是一名看护?"

"没错。"

她跳了起来,将裙摆掸落,低头致意,"哦,我的向导!我真是羞愧难当!真是太为我的行为感到羞耻了!"

"哇哦,什么?"罗瑞赶忙站起来。

"你是一位当选者,一位当选者,我对您毫无礼貌或是尊重!噢,天啊,我还砸了您的脑袋!"

"冷静。请冷静下来。没关系的。"

她不安地望着他,"我不知道。真的,让向导惩罚我吧。我真的不知道。您看上去太年轻,而且也没有留胡子。"

"我能理解你为什么会犯这个错。"罗瑞说。

"您是来拜访'旁处'的吗?"

"是的。"罗瑞说。

"为节日而来?"

"节日……?"他问。

"冬节。"

"是的。"罗瑞坚定地点点头,"那就是我们来这儿的原因,来庆祝。"

"那您不是独自一人来的?"

"什么?"

"您说'我们'。"维斯塔说。

"是吗？啊对。"

"显然，种植区当选看护这样重要的人物不可能独自旅行，否则就太说不过去了。"

"说不过去，可不是吗？"罗瑞顺势说道。

"那与您同行的其他人在哪儿呢？"

"只是一小队人。我们三个……从，哦，遥远的地方来。"罗瑞说，"博士和……另一个人。我们迷路走散了。"

"多可怕呀，当选者。"她说，"希望他们都没事。"

"我也希望如此。"罗瑞表示同意。

"我们以前每年过节都会有祝愿者来，但自从冬季开始冰封之后就不再有了。'旁处'的莫芬人若是知道你们为节日做出了这样的努力，会欣喜若狂的。我们应该去。我们应该立刻就去。"

"去'旁处'？现在？"

"是的。"维斯塔非常热切地说，"我猜这座磨坊是相当安全的，但我不希望在这里过夜，特别是有那东西在外头。现在很晚了，而且很冷，但如果我们一起走并且方向正确，或许一个小时之内就能到。"

"好吧。"罗瑞说，"那我的朋友们呢？"

"我们应当祈望向导会照看好他们。"维斯塔说。

作为体型如此巨大的生物，冰雪战士算是移动得非常快的了。它们并不是在跑，但步幅有所加大。它们将博士和他的同伴从树林外驱赶到开阔牧场的软雪丘上。它们步伐有力，即使在最软的雪地里也能步步坚实，好像它们已经进化到能够在这样的条件下自由行动一样。它们似乎可以永远这样大跨步下去，沿路击倒任何挡在面前的障碍。无论你跑多快，它们最终都会在你筋疲力尽的时候追上你。

"这边走！"塞姆威尔大叫，往前跑进了开阔地带。雪花自湿润花岗岩一般漆黑的天空洒落，懒洋洋地在他周身翻飞，"快来！"

"不！不！不！"博士大喊，一边跑还一边拨弄着音速起子，"别走那边！留在树林附近！"

这并没有阻止塞姆威尔继续奔跑，而阿拉贝尔正紧紧地跟着他。他要么知道自己在干什么，要么就是已经完全神志不清，失去了方向感。鉴于冰雪战士最初出现时塞姆威尔几乎自投罗网的惊人举动，博士并不指望他能听话。

音速起子又开始嘤嘤作响了。他瞄准了冰雪战士，中和它们的声波武器发出的致命冲击波，而后冲过去跟上其他人。

塞姆威尔带他们冲向了类似沟渠的地方。归根结底，他还是知道自己在干什么的。

树林和缓缓升起的"丰茂之地"之间,有一些陡峭的沟渠和凹陷的溪床。积雪让它们变成了狭窄的通道和隘谷,混入一片皑皑白雪中难以辨别。博士和艾米发现自己跟着塞姆威尔和阿拉贝尔连走带跑地下了一道陡坡,然后在林地边缘那看不见的蜿蜒沟渠中跋涉。几棵孤树和枝干粗糙的灌木上裹满了积雪,冰冻的溪床上冒出了几块覆着雪花的圆石。

阿拉贝尔一个打滑险些摔倒,不过艾米抓住了她,把她拖了起来。他们继续跑。

博士的起子却再次失灵。他们可以听到冰雪战士下坡追赶,但却看不见它们。

塞姆威尔带着逃命四人组来到另外一条河道,然后穿过一片地势缓和的盆地,岩石上悬立着一棵虬结的老树。横穿"丰茂之地"的风刮起坚硬的雪片打在他们脸上,像冰雹一般。

塞姆威尔急切地示意大家紧跟着他。他攀上了另一道河堤,激起的雪花往各个方向洒下。他将大家带回到牧区的缓坡之上。

他们眼前有一个棚屋,非常小的圆屋子,有圆锥形的屋顶。飞舞的雪花积在它的北侧。这就是塞姆威尔跟他们提起过的避难之处,就是那个风棚。

博士感到一股强烈的悲悯突然涌上心头。塞姆威尔已经拼尽全力。他避免大家在雪中迷失的解决办法就是带他们去风棚。他避免大家被凶狠的冰雪战士追杀的办法也是如此。风棚可以为牧人提供庇护和安全,这就是塞姆威尔的思维方式。

当他们走近风棚一些后,博士迅速调整了看法。这个风棚是用金属制造的,整个结构用船壳制成。如果他们能够把住门,那确实可以抵挡冰雪战士。

"进去!"他大喊。

四个人慌忙进到风棚里,里面又黑又冷,还有稻草味儿,但出人意料地干燥。塞姆威尔在大家身后关上了金属门,并插上了门闩。

大家在昏暗中面面相觑。里面太暗了,他们只能辨识出最模糊的形状。所有人都上气不接下气。

"等一等。"塞姆威尔说。

他在风棚门后的墙上摸索着,找到了一个放着一排小太阳灯的架子。他打开了其中一盏。风棚内部是一个环形腔室,直径大约六米。一些架子上放着锅碗瓢盆。有一个小火炉、两个破旧的简易睡床和一把椅子。地面看上去就是压实了的土地,铺上了干的稻草或是灯芯草。算得上温暖舒适了。

舒适感在他们听到第一记强有力的螯拳砸在风棚门上的那一刻便消失了。砸门声一下接着一下,粗暴地与金属强硬对抗,撼动着门与周围的墙。

冰雪战士决意要破门而入。

"金属能帮我们抵挡住一会儿。"艾米说。

"船壳很牢固的。"贝尔说。

"冰雪战士很顽固。"博士回道。他从塞姆威尔手上拿过灯,开始四下观望,拼命寻找灵感,寻找任何可以启发他现场发挥或是将计就计的东西,任何可以让他们从这个狭小而又毫无退路的空间出去的办法。这间屋子,往好了想是一个临时避难所,往坏了想就是一个小屋形状的死亡陷阱。

"胡迪尼[1]可是以此创出了一番事业。"他欢欣鼓舞地说,思绪正转得飞快。

"因为困在气味难闻的棚子里躲避雪怪袭击而出名?"艾米问。

"因为从难觅出口、密不透风的地方逃生而出名。"博士回答。他从架子上拿下一个杯子,往里面看看,然后放弃了正在琢磨的想法。"还有,那叫冰雪战士。"

艾米朝门看了一眼,门正随着门外的每一下沉闷撞击而震颤不已。

"啊哈,"她说,"归根结底,那有什么关系?雪怪?冰雪战士?不管我们怎么称呼它们,总之就是会来追杀我们的冰雪变异杀人狂?"

"确实。"博士说。他翻过椅子来检查底面。"有意思,"

---

1. 哈里·胡迪尼(1874–1926),匈牙利裔美国魔术师,享誉国际的脱逃艺术家。

他说，"从来没人弄对过它们的名字。即便是它们自己也没有。我是说，在我的印象中，还是我的一个叫维多利亚的朋友最早开始叫它们冰雪战士，然后它们就开始称自己为冰雪战士。这名字让人困惑。我不知道这名字是否合适。"

"你以前见过它们？"艾米问。

"好几次。事实上，前不久才见过。总之，很高兴见到它们仍旧'有点冰'，并且有'战士风格'。"

"它们是你的敌人吗？"阿拉贝尔问。

"不。"博士说着，蹲下来察看床底。锤击舱门的力度变强了。"有时候是。"他耸耸肩，"它们是一个古老且自豪的文明，是这部分银河系中最伟大的泛世界文明之一，有很多值得钦佩的地方，是荣誉与公正的伟大典范。不过它们又很独断坚决。它们凭借争斗来求生存，并且从不停歇。站在它们的对立面是非常危险的。"

"你有多少次是跟它们站在同一阵营的？"艾米问。

"噢，至少有过几次。"

"那其他那几次呢？"

博士看看她。

"那几次结果不怎么好。"他承认。

"它们在这儿干什么？"艾米问。

"可以想象，跟莫芬人出于同样的原因。"博士回答，站在椅子上仔细检查天花板。"置办一个新家。如果地球以及所在的太阳系不复存在,从而导致了一场人类殖民大迁徙,那火星也是同样的结局。"

"那又有什么关系?"

"因为它们就来自那里,艾米·庞德。"他说。

"火星?"

"是的。"

"它们是火星人?"

"没错。"

她瞪着他,"你是在严肃认真、面不改色地告诉我,它们是来自火星的绿色怪物?"

"的确如此。"博士说,"很讽刺,是不是?当然,它们不是小绿人。是就太傻了。它们友好且高大。"

艾米望了望门口。最近几次野蛮撞击已经让螺栓周围的金属变形了。

"高大威猛才是。"她说,"猛到足以破门而入。它们把金属都撞弯了。"

"那可是船壳!"塞姆威尔抗议,"已经是我们这儿最坚固的金属了!"

"没错,可不是么?"博士思忖着。

他看上去完全没有被门外那持续不断的撞击分心。他将右脚鞋跟踏在已然压实的地面上，贴着地面移动一小段距离，然后又抬脚踏下去，重复这一动作。

"这就很有意思了，"他继续说。"船壳是你们所拥有的最坚韧的材料，是很稀有、很珍贵的物品。"

"那又怎样？"艾米说。

"那么莫芬人为什么要用这个材料来建造牧人的小屋？"博士问。他继续用鞋跟踏着地面，咧开嘴笑了。

"你发现什么了？"艾米问。

"像往常一样，显而易见的部分！"他大声宣布。他手脚着地，开始用手指刨地面上的土。"快点！一起帮我！否则它们就要破门进来了！"

他们全都趴下，跟他一起将泥土挖起。就在几厘米之下，土层里有些东西。

金属质地的东西。

"这里面出人意料地干燥。"博士说着，手上动作飞快，"那是我最先注意到的。干燥，并且是用金属建造。好吧，用金属建造是我最先注意到的。然后我想，这里面为什么那么干燥呢？"

"你在瞎叨叨。"艾米说。

"抱歉。"博士说。

门口传来了一记更响亮的撞击声。门的部分侧边往里弯曲了一些。他们能够看见一个巨大的绿螯夹住门框,试图将它撬开。

"很明显。"博士说,"是我想多了!莫芬人叫这里'风棚',并不是因为它是'风'的派生词,他们叫这里'风棚'……是因为这里就是'通风口'!"

他们一直挖,终于让地上的一个大型舱门露了出来。博士擦去了门闩上的灰尘与泥土。

"赶紧!"艾米看着门口,匆忙提议。

"这是一个排气口,"博士说,"负责将地下系统的温暖空气排出。它是在这片景致之下建造的大型环境莫芬化系统的一部分。或许有上百个这样的东西遍布郊野。莫芬人因为温暖干燥而开始将它们作为棚屋。他们不记得它们最初的用处了。"

艾米看了看门口。有一部分门向内弯折,而更多的部分则呈现出可怕的凸起。两副巨大的绿色螯钳清晰可辨,试图将门闩从门框上卸下来。

"真的得快点!"她说。

博士调节起子,将棘轮转到一个位置,将起子对准了门闩,它发出一阵微弱无力而又令人同情的声音。他摇晃着起子往手上敲打。

"我在抵消冰雪战士的武器时耗费了太多能量。"他叹道,"它感到自己很可怜。它只想静静待在口袋里养精蓄锐。拜托……"他对起子低语道,"我这一整天都不会再来烦你了。"

"博士!"艾米大喊。

门口开始响起又一下令人生畏的、让门闩扭曲变形的猛击。

博士重新小心地将起子瞄准,用大拇指按了下底端,好像那就是一支圆珠笔。声波嘟哝着、闪烁着,而后保持着稳定的呼呼声。门锁单元上的三盏绿灯陆续闪起,舱门带着嘶嘶声,当的一声打开了。

他们将门抬起。它像潜艇舱门一样连着一条重型铰链,露出垂直的金属杆,向下延伸进入黑暗之中。一架金属的梯子固定在一边。

"下去!赶快!"博士催促。

"它会通向哪儿?"阿拉贝尔问。

"会离开这儿,"博士回答,"而这也许是目前最吸引人的优势了。走!"

艾米赶紧攀上梯子,开始往下爬。阿拉贝尔跟在她后头,然后是塞姆威尔。

博士顶住舱门,看塞姆威尔刚下了几级梯子,就紧跟着小伙子钻了下去。

在他身后,最后一下野蛮的打击将门冲破。带着已然残破不堪的铰链,门打开了,发出尖厉刺耳的摩擦声。飞雪随即卷入风棚之中。一个冰雪战士占据了入口的位置,瞪着凶狠却毫无表情的红色双眼。

博士下了最初几级梯子,拉下了他头顶的舱门盖。

几乎就要拉到关闭位置的时候,一个绿色的螯钳抓住了边缘,将门撬开。

随着一声惊叫,博士将门往下拉。

冰雪战士往上拉。

胜负毫无悬念。

夜越发暗淡

博士双手抓住舱门下侧的把手，在梯级边缘晃动挣扎。他拼尽全力往下拽，龇牙咧嘴，双目紧闭。在他身下，艾米、阿拉贝尔和塞姆威尔正尽可能快地顺着梯子往下爬，这时纷纷抬头发出惊惧的呼喊。

冰雪战士轻而易举地掀开了舱门，就像是在打开一个垃圾桶盖子一样。舱门往上，博士也被带了上去。他被带离了刚才落脚的梯子。他在把手上挂了那么一刹那，双腿悬空，仿佛踩着看不见的自行车踏板。

然后他脱手了。

博士像块石头一样掉了下去。他突然释放掉的重量使舱门猛地从冰雪战士的螯钳手中挣开，落下来闭上了，发出一记舱门锁住的咔嗒声。

以博士所处的状况，根本无暇回味冰雪战士刚好被关在外面的事实。他现在的状态就是挥舞着四肢，疯狂地从通风口管道中落下。他先撞到了塞姆威尔，把这个年轻人从直立贴墙的梯子上碰了下来。塞姆威尔几乎没来得及发出惊讶的哼哼。他们一起落下去的时候,撞到了紧挨在塞姆威尔下方的阿拉贝尔。这股冲击将她撂下了梯子。她单手坚持了一秒钟,就没法儿再抓住,然后她便跟着他们一起掉了下去。

这三个人形成一捆翻滚号叫着的四肢和躯体,撞上了最下方的艾米。她的双脚因此从梯子上滑脱,但手勉强抓住了。

并指手套上的松紧带一头钩在梯子上,一头穿过袖子连着粗呢大衣坚持了一会儿,刚好能让她找回着力点。

博士、塞姆威尔和阿拉贝尔从她身边猛跌下去,消失在管道下方的黑暗中。

"我的天啊!我的天啊!"艾米喃喃自语,拽着自己重新回到梯子上站好,侧身低头朝他们落下的方向凝望,"噢,我的天啊!博士!博士!"

只有她的回声,没有其他的声音,没有应答,没有令人宽慰的回答,没有"没事的,艾米,我们在附近的气垫床上安全着陆了"。

但积极的一面是,也并没有传来撞击声。

艾米重重地咽了一下口水,事情灾难性的转变让她惊愕不已。她再次呼唤他们的名字,往下攀了几级梯子。然后她又往回上了两级,解开手套的松紧带,继续往下。

头顶上传来一记响亮的哐嘟声。雪怪开始对付舱门。

是冰雪战士,她告诉自己,该死的冰雪战士。

她开始尽可能快地往下爬。有那么几次,她因为脚步太快而不慎打滑。这管道仿佛是无尽深渊。当她终于来到他们身边时,他们肯定已经死得透透的了。那会令她沮丧不已的。到时候问题可就大了,因为她只能孤身一人应对雪怪了。

是冰雪战士!战士!

她继续往下,几乎要用尽所有的气力。尽管博士先前承诺说这一天将会充满圣诞的乐趣,他会尽量避免无谓的叫喊和乱跑,结果却完全相反。事情真的不能再这样下去了。宇宙理应是一个美丽、旖旎、令人着迷的地方,她想要到处旅行,并乐在其中,最好有她的丈夫和好朋友博士一起活蹦乱跳地陪着她。艾米开始觉得,她并没有通过这种走马观花似的飞速游览领略到多少外太空风情。她根本没有时间去看什么新鲜事物,似乎总是在紧急逃离的时候才有机会瞥上一眼周遭的环境。

艾米停下来,闭上了眼睛,深吸一口气,然后吐出。她的思绪完全处于漫不经心的状态,因为她在努力忘掉刚才看到的一幕。她刚才目睹博士坠落身亡,同博士一起死掉的两个人她并不是特别了解,但也有充分理由相信他们心肠不坏,无论如何不该以高速亲吻地面的方式死去。

她睁开眼睛,又开始继续往下爬,用力地呼吸,想给自己增强信心。来自头顶舱门外那经久不息同时又惨无人道的哐啷声显然无助于她树立信心。

它们想要进来,它们现在就想要进来,那些雪怪。是战士。战士。

她努力忽略那些敲击声、刮擦声,继续往下,一次一级梯子,先下手再下脚,往下再往下。这地方往下还有多远?

艾米开始意识到,身下的管道略有一些不同。起初很难说清是什么不同。她皱了皱眉,真心希望不会遇到满是尸块的场景。

幸运的是,并未如此。

她即将来到梯子最末端。梯级在一个节点不再继续,整个管道开始缓缓向左倾斜,就跟排水管似的。管道从垂直转为三十五度角向下,用一段非常顺滑、类似排水系统中转换头的弯曲组件相连接。

她感觉到一阵幽幽的微风,凉爽清新,自下方吹来。管道似乎在等待着谁发出声响,那时管道就会被各种回声填满。

她走下最后一级阶梯,在倾斜的地面上稳住自己,而三米之上就是墙。

"博士?"她喊道。

等来的只有回声。她一点点朝前挪。

走在有角度的地面上是相当有难度的一件事。她努力保持平衡。冰雪战士继续在她头顶上老远的舱门外锤着凿着。

这管子让她想起了什么。她意识到那是什么了。它就像是大型休闲中心里的水滑梯的巨型版本,也就是罗瑞很喜欢的那种千回百转的管道大漂流。就是那么回事儿。

或者可以说,是一个特大号的仓鼠游戏笼,人们想当然地认为仓鼠会喜欢从宠物店买来的那类东西。

她不相信它们会喜欢。如果眼前这个就是最典型的体验,那可真没什么乐趣。她开始回味很多小仓鼠通常会表现出来的暴躁举动。

她沿着管道边缘走了起来。仍然没有博士或者阿拉贝尔或者塞姆威尔的踪影。他们想必是一路向下滑,然后像罗瑞在水滑梯里一样从某一个弯头飞了出去,或者像暴躁的小仓鼠在透明塑料禁闭室里一样无计可施。

"博士?"她又喊道,一边撩开眼前的头发,倾身向前,仔细往黑暗里探察,"博士?你要是没事,就冲我吼一声,好吗?博士?"

在她身后,其实是头顶上,冰雪战士用声波爆破装置对准了坚硬不屈的舱门月,将它击了个粉碎。爆炸产生的可怕声响沿着管道传到她耳边,惊得她跳了起来,不由得脚下打滑。好在她保持住了平衡。

她回看自己来的方向,听见破裂的舱门被打开时的啸叫,看见灯光沿着通风口管道照下来,阴影在晃动。

冰雪战士进来了。它们是冰雪战士,它们打开了舱盖,它们还进到了管道里。它们要来追她了。这一切都把她吓得不轻。

她必须抓紧了。她又走了一步,加快了移动速度。她脚下打滑,但她稳住了自己。接着,她两只脚同时打滑,这一次她没能保持住平衡。

转眼她就仰面朝天了。

"哎哟!"她叫道。接着她意识到,屁股着地还不是最糟糕的结果。

她正在移动。她正在滑。她正沿着管道一路往下滑。

她大声抗议,没有特定的对象,接着开始手脚并用地乱划乱扒。徒劳无益,倒是加快了下滑的速度。她正沿着管道下滑,仿佛坐在一股激流之上,就像罗瑞从游乐园里巨大的水滑道上滑下来那样。她没法儿让自己停下。她没法儿站起来。

每过一秒,速度都会加快一点。艾米在管道里疾驰,无可奈何地向越来越深的地底进发。

雪正在下。这是很长一段时间里罗瑞见到过的最黑暗的夜晚,不仅寒冷,而且令人窒息绝望地吞噬着一切。大片的雪花似乎就这么漫无目的地自黑暗中俯冲下来,在他面前飞舞。

他跟随维斯塔穿越白雪皑皑的树林。她带上了自己的小太阳灯,但两人达成一致,尽可能在途中避免打开它。灯光可能引来本不必要的关注。维斯塔向罗瑞保证,她知道该走哪条路。她熟悉树林。她知道如何让他俩去到"旁处"。

罗瑞相信那是她的真心话，不过他仍然感到担忧。他们已经将秋日磨坊或者自动磨坊[1]？那令人欣慰的温暖抛诸身后，向冰天雪地的夜晚进发。有很大可能，他们会在到达目的地之前就冻死，那还是在没有考虑"红色眼睛的怪物可能正在外头追捕他们"这个因素的前提下。

两人在磨坊逗留期间，他的衣服已经在温暖中干透了。他很欣慰有这件大衣，尽管一开始并不确信是否值得回塔迪斯去取这件衣服。如果他跟博士和艾米在一起，也许这一天就不会那么刺激了。不过话说回来，他也不知道他们遇上了什么样的冒险经历。他还满心期待着到了维斯塔的村子——那个叫"旁处"的地方时，能够发现博士和艾米早已在那儿了，早就和所有人交上了朋友，讲着故事，坐在火炉边吃着热乎乎的美食。他期待看到一棵巨大的圣诞树，尽管他知道这些细节完全是不切实际的幻想，但至少他还有希望。

同时，罗瑞也是个现实主义者。他想要计算出究竟有多少次他们去一个地方却没有意外陷入窘境，无论是碰巧去还是特地去。他的答案是，一次都没有。这仿佛是不可避免的，就像塔迪斯控制台的轰鸣一样不可避免，就像博士顿悟之后突然的露齿而

---

1. autumn（秋日）与auto（自动）音近。

笑一样不可避免。罗瑞相信，这些困境自然是与时间领主有关。事实上，鉴于只剩下一位时间领主，必然会有一系列困境等着他们陷进去。危险、问题、困难、风险……要是塔迪斯上有某种探测电路可以自动将他们引向麻烦，他也不会特别惊讶。博士有一天也许会不经意地承认，就像他觉得他们早就该知道一样："你是说，我没有跟你提过那个困境自动搜索模块？我没有吗？我发誓我……我是不是应该偶尔做一下改变，把它关了？好啊，为什么不呢？我会把它关了。"

雪花继续自黑暗中涌现，突然变得清晰可见，打在他的脸上。它们就像星星，仿佛宇宙中的匆匆过客。在刺骨的寒冷和睁眼瞎一般的黑暗中，他能看到的就只有这些小小的白色物体飞速掠过，就像是乘着塔迪斯穿梭在宇宙之中，和塔迪斯本身一样，你不知道到底你会去到哪里，或者到达目的地的时候安不安全。

艾米的滑行速度不断加快，远远超过了她能够接受的程度，尤其考虑到她并不是在自行车上、滑板上、雪橇上或是火箭船上的事实。她完全没办法采取任何措施加以控制。

管道的内层表面摸上去毫无阻力，她疯狂地想要抓住什么东西来让自己停下的想法落空了。倾斜度在增加，她滑落到一段更加陡峭、可怕的斜坡，更加令她惊恐。她瞪大双眼，头发在耳后飘飞，在管道中疾驰而下。她意识到，处在其他情况下，她可能会很享受类似的滑行,但当前的状况下肯定不会。同时她也意识到,自己正在发出类似"啊——""咦——""唷——"这样绝望的、哽咽般的声音。

然后她从管道口一飞而出,落在一堆柔软的、满是尘土的材料上。她弹了几下停下来,一边咳嗽,一边慢慢地站起来。她在乱糟糟的堆料上激起了一大朵尘雾状的纤维云。她身处一个金属小房间里,如尘土般飞扬的物质其实是厚厚的一层被通风系统吸入并堆在其中的腐烂落叶和细碎植物。也许正是因为有它们,她才得以免于重伤。

她一边咳嗽,一边抬头回望了一下通风系统的管道。

"我可不会再来一次了。"她说。

她本以为自己找回了平衡,但双脚却在这一刻再次滑倒,证明她只是痴心妄想。她又一次臀部着地,掉进管道系统的下一段里,无助地"呀"着飞驰而下。

"不好玩儿!"她用自己最大的嗓门尖叫,体验着比先前更快、更陡、更跌宕起伏的滑行。管道的一个弯曲节点几乎让她翻了个筋斗,而后将她弹射到了另一个小房间,里面铺满了厚厚的、富有弹性的、微微泛着霉味儿的叶子之类的东西。

艾米小心翼翼地站起身,比上一次落地后谨慎得多。

有那么一瞬间,她觉得自己很难直起身,可能摔伤了肩膀或脊背,但后来发现这是因为她站在了有松紧带的一只手套上,同扭伤或脱臼没什么关系。

她抬起脚,任手套从脚底飞起,完全站直了身子,盯着周身的昏暗,同时用手指梳理发丝间缠着的枯叶。

"博士?"她喊道,"博士?"

这个灰不溜秋的方形金属小房间相对平坦,有几个出口,都是通往别处的管道口。她慢慢地四处移动,以确保自己不会滑倒而掉进另一轮大冒险。

"博士?"

众多管道之中,有一根是水平走向的,一侧连接着凹槽管道,类似艾米通过的那种。她现在身处一条过渡走廊之中。这条走廊又黑又长,弥漫着金属气息。空气寒冷干燥。嵌入墙体的壁灯发出微弱的光。这些灯看上去是莫芬人用的太阳灯的小号变形体,而且更高级。

灯光让艾米想起了花园中常见的那种整夜通明的太阳灯,同时也令她感到倦意来袭。

"喂……?博士?"

艾米分辨不出管道将她带到了哪里,她很想知道博士、贝尔和塞姆威尔落在其他地方到底怎么样了。

艾米非常用心地去听,巴望着远处或许会有一个声音来回应,接着她发现的确可以听见什么。那是一种嗡嗡声,一种低沉的共鸣。说是听见,但确切地说是感觉到。那是庞大机器所产生的声音,自动化机械产生的轰鸣正从远处源源不断地传来。

她感觉自己身处一个巨大的工厂,一个前所未有的大工厂,所有轰隆作响的机器都隐藏在视线之外,隐藏在周围的金属墙壁之后。

接着她想:也许我就处在一台真正的机器之内。也许我正处在某种管线、导管、线路之中,而这对我来说无比庞大,仅仅机器本身就无比巨大。或许它会突然被……水,或是油,或是废液,或是核废料,或是能量给灌满。

也许这里之所以被关闭了,是为了对机器进行日常养护,而我只是在养护期间来到了这里。要是我在这儿多待一会儿,就会被淹死,或者被冲走,或者被烧成灰烬,或者遭到辐射,或者……

艾米开始恐慌。她开始感到非常严重的幽闭恐惧。她赶紧沿着走廊——也可能是条管道——寻找出口,或是门,或是可以攀爬上去的什么东西。

但她反而发现了其他东西。

一阵抓挠的声音后,又是一阵什么东西快速掠过的杂音,伴随着阴影中转瞬即逝的一道闪光。

"是谁?谁在那儿?"她壮起胆子问。经验告诉她,大胆总能有些帮助。好吧,不如固执己见的作用大。无论如何,至少这能让她感到好受些。

接着她看到是什么发出了声响。她看见了老鼠。

它们也并不是真正意义上的老鼠。她立即意识到了这一点。但它们让她想到了老鼠,她脑海里对应的就是"老鼠"两个字。

对于老鼠来说,它们有太多的腿,而眼睛和毛发却远不及正常数目。此外,它们还有着小猎狗的身材,这对于老鼠来说显然太不寻常了。

但是天啊!它们真是数量惊人。

山峦之下

它们会把她吃掉。

毫无疑问,艾米心里就是这么想的。这一大波满身褶皱、通体灰中带粉的怪物正沿着走廊地面疾速向她涌来,咔嗒作响的牙齿看上去像是镀了金属,专门用来咬穿线缆。

她并不是很清楚为什么自己会以为它们要来吃掉她,并不是说它们眼中好像带有恶意,而是因为它们根本没有眼睛——只剩下两个眼窝留在本应是眼睛的位置。它们仿佛被施以外科手术掏空了眼睛,然后用类似耳塞或麦克风上那种棕色泡沫的物质填满。它们的爪子类似于鸟足,但关节却是由古老的指南针和圆规构成。它们的尾巴看上去就像是裹了一层黑色电缆的自行车链条。

"噢,我的天,你们真是太可怕了!"她大喊着,开始快速后退。而它们的反应则是加速朝她冲去,像一股突如其来的潮水涌向她,大一些的老鼠把较小一些的挤到一边,或是践踏而过。皱巴巴的、令人反胃的灰色皮肉在它们身上紧紧裹住,显现出胸腔的轮廓。

"而且你们很饿!"她尖叫着,终于意识到是什么让她摔倒了。它们个个饥肠辘辘,当前的行为正是饿极了的活物发现食物之后的反应。

她开始拼了命地跑。它们紧追不舍,张大着嘴巴,随时准备噬咬,露出的尖牙看上去像极了老家那部关于"阿米提岛[1]上令人难忘的夏日"的电影海报。

一只类鼠怪物扑向她,虽然扑空了,但差点就从她的左边小腿肚咬下一块肉。又一只扑来。她用手猛地把它拍飞。第三只向她扑去,她伸手要打,却没有击中。它将艾米的手套紧紧咬在嘴里,挂在她的连袖松紧带上,好似一条上了钩的鱼。

"松口!"她大叫着把怪物狠狠地甩开,撞上廊壁。整整两记结结实实的猛砸之后,它才松开了手套,落到地上。

这时候,类鼠怪物的大部队已经来到她面前。她惊恐地尖叫起来。接下来要发生的,将会极其令人不快,将会前所未有地令人不快。

而接下来发生的,确实令人不快,但并不是她所预期的那样。一阵刺耳的噪声,像某种警报或鸣哨。这声音犹如一根根毛衣针刺进耳朵,疼得她大叫起来,跌跌撞撞地跪倒在地。真是可

---

[1]. 出自斯蒂芬·斯皮尔伯格著名的惊悚电影《大白鲨》。

怕。那种声音让人觉得可能会穿破耳膜，烧化你的脑子，以至于七窍生烟。

那声音还真的让几只老鼠落得如此下场。有些在行进途中就倒地毙亡，有些还在倒地抽搐，痛苦地扭动。其余的都只是在退缩溃逃。它们狂乱的金属爪子划过金属廊道的地面，发出令人毛骨悚然的尖锐刮挠声。要是艾米能够听见，必然不会感到一丝享受。然而，她的耳朵还在因为先前可怕的尖啸而嗡嗡作响。

她摇了摇头，站起身来。博士正站在她身后，而阿拉贝尔和塞姆威尔一脸惊恐地跟在博士身后。博士正在微笑。

"……"他说，"……"

"什么？"艾米问。

"……"博士回答，仍在微笑，但看上去有些担心了。

"给点提示，"她说，"是一本书吗？几个字的？你为什么不跟我说话？"

博士转头对阿拉贝尔和塞姆威尔说了什么，同样无法听见。

"是我耳朵的问题，对不对？"艾米问，"那声音弄坏了我的耳朵，是不是？"

博士向她转过头。他指了指自己的音速起子，做了个难过的表情。"……"他说。

她能读懂他的唇形，她知道"抱歉"二字是什么唇形。

索尔·法罗[1]是个强壮的男人,他在田地和暖棚里的活儿都干得非常漂亮。索尔并没有杰克·达格特那么大的个子,因为杰克·达格特是"旁处"众多莫芬人中最为高大的一个,不过他仍算得上健壮如牛。格荣当选者给了他夜巡"旁处"西门的任务,并任由他选择顺手的武器。索尔选了一把质量上乘的长柄铁锹,金属部分用船壳材料制成。他还从工具库中拿了一柄很不错的镰刀,挂在厚重冬衣内的皮带上。索尔不想自己的表现不够强壮。他在过去几周听说了不少传闻,而所有的传闻都提到了树林里一闪而过的高大身影、被扑杀的牛羊、会移动的星星。树林里的那些东西到底是什么?它们真的……真的是对种植区不怀好意的森林巨人吗?又或许,它们仅仅只是想象出的幻影,是莫芬人的恐惧心态召唤出的鬼魅?

索尔·法罗是个理智的男人,通常会接受后一种猜想。人们在夜里会因为影子或声响而吓得跳起来。他们有时候会看见并非真正存在的东西。严冬和风雪是他们遭遇的不幸,是他们不得不忍受的苦难,但也让他们变得焦虑不安。在这不安之中,他们往往会胡思乱想。

此刻,他不再那么确定了。有太多异常现象无法得到合理的解释,远远超过了可以用幻想和流浪恶狗来解释的程度。

---

[1]. 法罗(Farrow)有"猪产崽"之意。

今天有多少人出去搜寻之后就再也没有回来？他们消失得无影无踪。如果他们是被什么东西掳走的，就像那些被掳走的家畜，那么，"旁处"的人口数量就遭受了致命的打击。

夜巡工作在他生活的年代已经少有执行，在他的父辈、祖辈的年代就已很少见。根据向导经书中的记载，早期的确有夜巡存在，那时莫芬人刚刚来到"此后"。在城镇最初兴建期间，守夜人会被安排在第一批营地周围。那时候，莫芬人对于"此后"的世界并不太熟悉，不知道入夜之后的黑暗中会隐藏着什么。

第三次家畜被咬死事件发生之后，比尔·格荣恢复了夜巡。他在"旁处"的几个城门都安排了守夜人，外加一人值守温室，一人看管水井，还有两人在牛棚和奶制品厂之间沿路巡逻。比尔·格荣决意不能让疯狗进到城里来威胁老人和孩子。

这起初似乎只是一种预防措施，也是一种负担，因为像索尔这样的人，不得不一整天暴露在严寒的天气里。

经历了刚刚过去的这一天，这样做看上去很有必要。

寒冷刺骨，小雪飘飞。索尔能听见雪花的低声细语。他背靠市镇，面前是树林边缘和露天广场，占据着一个有利地位。向左，他可以看到温室中太阳灯微弱的亮光。往右，他可以隐约辨认出一号稳定场的主体结构，像一个黑暗阴郁的幽灵藏在冰雪之后。

寒冷开始侵袭。他有一瓶肉汤，还有一个用来取暖的小火盆在脚边噼啪作响。他竭力避免站着不动太长时间，踱步能够让双脚保持温暖。他把铁锹的一端杵在地上，一只手撑住，另一只手缩进外套里保暖。每过几分钟，他就会改换另一只手取暖。

索尔双手执锹，将它举了起来。他确信自己听见了些什么。那声音来自广场的另一头，树林的附近。听上去像是有什么东西动了动。他等待，倾听，向黑暗之中窥探，什么都没有看见。也许只是枝丫终于承受不住积雪的重量而折断落地，或是积雪滑落树枝。自从雪天到来，这种奇怪的声音就变得十分常见。

索尔回望"旁处"。镇中心各处都是灯火。这看上去令人欣慰，他几乎能感觉到那种舒适。他渴望到那儿去，在火堆旁与好友畅谈，吃一顿像样的晚餐。社群和人与人之间的情谊是生活的关键。

对莫芬人来说，只要能有热乎的食物、温暖的炉膛和围坐的好友，再大的辛劳都能得到缓解。

可惜，索尔心里很清楚，这并不是今晚"旁处"灯火通明的原因。议会和社区正在议事厅开会。

危急关头的A类会谈。

比尔·格荣站在议事厅大厅被太阳灯照亮的门廊中，听着老者温欧娜大声地把名单念出来。

八个名字。入夜之后，总共有八个正直可靠的莫芬男人没能返回。八位父亲,八个身强力壮的劳动力,社区骨干的一部分。八个大男人怎么会在光天化日之下失踪在雪地里?意外坠落或是其他事故可能会夺走一两个人。可八个?

全都是他的朋友。

温欧娜念了名单上的其他名字。哈维斯塔·弗拉瑞什。当然啦,这可怜姑娘的失踪就是大家展开搜索的根本原因。温欧娜提醒过比尔,今天是泰勒·弗拉瑞什的忌日。也许维斯塔记住了他去世的日子。也许那就是她没有在向导之钟敲响的时候来上工的原因。向导让她在父亲过世的日子消失,似乎是一个非常残忍的怪异决定。比尔不由得思索起来,如此可怕的命运为什么会落到她头上。是不是恶狗袭击了她?是不是将她逼到角落,再像对待绵羊一样将她制伏?或者是,向导啊,或许树林里有巨人的故事是真的?

阿拉贝尔·弗拉瑞什也失踪了。晨会之后,就没人再见到过她和塞姆威尔·柯劳克了。比尔对阿拉贝尔很了解。阿拉贝尔的聪慧爽朗数一数二,意志坚定又反应灵敏。比尔毫不怀疑贝尔将来会在她那一代中升到高阶莫芬人的职位,比如当选看护。维斯塔既体贴又善良,贝尔则既坚强又上进。比尔确信,贝尔不过是出去找她妹妹了,无论有没有得到允许。这符合她一贯固执任性的作风。而塞姆威尔·柯劳克呢,他显然是出于无药可救的爱意和纯良的天性跟着她一起走了。他是那么迷恋阿拉贝尔,就算她叫他穿着靴子跳进磨坊的水沟里，估计他也会乖乖照办。他会跟她走，帮助她，那也是显而易见的。

但他们都没有回来。夜晚钟声敲响，他们还是没有回来。更为糟糕的是，午后刚过，杰克·达格特发现那两个陌生人也从监狱里逃走了。

杰克带了些食物和水去到下面，结果发现牢门大开。他们自己逃走的？如果是这样，是如何办到的呢？牢门锁的质量很好，很牢固，看上去也没有被蛮力破坏过。

比尔怀疑贝尔可能是在不切实际的幻想中把他们放了出去。他认为她很有可能干出这种事，尤其是现在，她如此缺乏耐性，如此担心妹妹。毕竟，她急于责问这些陌生人。也许他们答应将她妹妹的去向告诉她，以获得释放？

即便如此，贝尔是如何打开牢门的呢？缺乏耐性是真正的罪恶，而且无疑是阿拉贝尔·弗拉瑞什的个人缺陷，但即使是头脑发热非达目的不可的她，也不可能凭空造出一把钥匙来。

也许这些事情没什么关联。也许贝尔和塞姆威尔是自己离开的，而陌生人是自己想办法逃脱的。

比尔·格荣唯一可以确认的是，正当莫芬人所知的最严寒的冬季肆虐之时，两个看似不是从种植区来的陌生人凭空出现，而人类唯一能够存在的地方就是种植区。而就在这同一天，"旁处"的十一个莫芬人相继失踪。

"他们都落座了,当选者。"强斯·普劳莱特步出议事厅,对比尔说。

比尔·格荣点了点头。

"我们该进去了。"温欧娜说。在昏暗的太阳灯光下,她看上去前所未有地苍老。年迈,外加辛劳,以及当前的压力,又给她增添了几岁。比尔感到一丝紧张的氛围。温欧娜·克劳帕可能很难相处,而且自有她的一套行事方式,但他还得仰赖她。言传身教的原则让莫芬人存活了二十七个世代,而这与忍耐原则一样必不可少。代代相传,知识和技能得到积累和延续。年轻一代不必再犯前辈犯过的错误,因为他们会被告知错误所导致的后果,这样他们就可以避免错误。通过学习过往的经验,时间和精力不会再被白白浪费。莫芬人通过听从长辈,不断学习,从而繁荣不息。"此后"是一个生活艰辛、环境改造进程缓慢的地方。它不会给你机会从头来过,但如果你留意前辈的智慧,你就完全不需要从头来过。

光是想想温欧娜终将离去,比尔都会觉得难以承受。他不知道自己没了她会怎么办。他无法想象,没有了阅历丰富的她的指导,自己如何担任当选看护。如果这场满是冰雪和神秘事件的危机加快了温欧娜·克劳帕生命的终结,那他……

他努力不去想。种植区的记录和口述历史都表明一个事实,即每一代的最后一人去世时,都会经历一段阵痛期。那总是意味着一个时代的终结,提醒莫芬人社群他们是何其脆弱,寿命是何其有限。比尔明白,温欧娜的死将会是他当选者生涯的分水岭,也是他人生的转折点。他向向导祈求,这件事至少不要发生在前所未有的A类灾祸将临之时。

"我们该进去了。"她重复道。

"然后告诉他们什么?"比尔问。

"如实相告。"她回答,"今晚我们除了保持温暖、继续观察以外,别无他法。"

"那明天呢?"

她耸耸肩,"我们再搜一遍。"

比尔叹了一口气,"如果那些是真的呢?"他问。

"如果什么是真的,当选者?"

"关于巨人的那些传言。"

"向导的教义里对巨人只字未提。"她说。

"对陌生人同样只字未提,"他说,"但今天有陌生人来了。"

"他们是邪恶的,还带来了妖术。"她回答。

"这我明白。"他说,"我明白。但仅仅因为某些东西没有出现在向导的法典中,我们便无视它们的存在,那是不对的。那可能会置我们于死地,温欧娜。我们可以视而不见吗?"

"当然不能。"她说,"生存是一切教义中最重要的。发生在我们身上的也许是个例外,因此向导的教义中没有具体的描述。但向导不会辜负我们,我们必须再找一遍,钻研其中的只言片语。向导将会以我们未曾想到的方式来指引我们。"

比尔·格荣点了点头,"我也这么想。今晚我们应该继续查看。如有必要,也可通宵达旦。"

"同意。"温欧娜说,"我们这就进去,你说几句劝慰的话,然后我会打开密室,我们将同议会一起进入密室进行研究。"

强斯·普劳莱特为他们扶住门,一行人进入议事厅。房间里异常拥挤,几乎每一个莫芬人都出席了,除了那些正在夜间值守或是正在上夜班的人。

还有那些早就失踪了的,比尔·格荣心想。

房间里充斥着低声交谈的嗡嗡声,但在他们走进来加入其他议会成员并落座时,声音停止了。微弱而又十分明显的骚动环绕在失踪者家庭周围。

"当选者,您打算怎么办?"艾拉·希德[1]几乎立即站了起来。她的声音清晰透亮,却因为担忧而显得有些强硬。她的丈夫多姆·希德,是自从向导之钟在上午过半的时候敲响之后就再也没有现身过的人之一。

---

1. 希德(Seed)有"播种"之意。

"我会向向导寻求指示,艾拉。"比尔·格荣说。

"这几周以来我们不是一直那么做的吗?"莱恩·卡塔[1]问。她周围的几个莫芬人也纷纷附和,表示支持。

"是的。"比尔说。

"那么做有什么帮助了吗?"莱恩声色俱厉。

"如此言语已近乎渎神,莱恩。"强斯·普劳莱特说。

"我知道你最关心的就是哈德的失踪,但……"

"渎神?我有吗?"莱恩不由得尖笑一声,"我想向导已经遗弃了我们。"

这番话立即引起了一阵议论,言语里透着明显的失望。

"我同意。"艾拉·希德说,"我知道我们必须信任向导,我也知道耐性是我们最伟大的美德,我同样知道那些有耐性的人将会造福整个种植区,但我们不能就这样坐以待毙。我的丈夫……"她声音哽咽,说不下去了。她的妹妹站起来扶住她。

"我们今晚会参阅向导的教义,"比尔说,"温欧娜会直接打开密室。在查询完每一个段落、每一个章节,以寻得真相和关联内容之前,我们不会休息。"

"要么如此,"杰克·达格特冷言说道,"要么我们就等待奇迹!"

---

1. 卡塔(Cutter)有"裁缝"之意。

满是讥讽的笑声在议事厅中回荡。

"我想我们或许已经发现了奇迹。"索尔·法罗站在大厅后侧说了一句。大家纷纷回头。他刚刚进来,身上还带着雪花。

"总算是有个很小的奇迹,"他说,"但它给了我们希望。"

他转身示意。两个人从夜色中走了进来。

"噢,我的向导啊……"比尔·格荣喃喃地说,"维斯塔·弗拉瑞什?"

"我发现她正从林子边缘走过来,当选者。"索尔说。

"我没有受伤,当选者。"维斯塔说。她冰冷的双颊在议事厅的温度下泛回血色。

"这是罗瑞。"她说。

"呃,你们好。"罗瑞说。

博士拾起一只死老鼠,拎住尾巴仔细看。它很重,在他的手里微微晃动。"恶心。"他评论起来,"而且是刻意制造的。"

"什么?"艾米问。她的听力正在恢复,但整个世界听起来还是闷闷的,"你是不是说'刻意制造的'?"

"人造的。"博士说,伸手把死老鼠的嘴唇剥了下来,露出金属牙齿。"这是一只老鼠,"他说,"无疑是一只老鼠。从基因角度来说,是老鼠。从地球上来的,但经过了改造或者说定制,增强了功能。而根据它们的数量来看,是大规模的改造。"

"它没有眼睛。"艾米说。

"是的,因为设计者认为它们不需要眼睛。这些是高精尖的运动传感器。"他指着包裹在老鼠通常应有眼睛的位置的泡沫状填充物说。

"运动?"

"在太空,尤其是星际空间,不仅很冷,而且往往非常黑暗。所以,运动是用来充当感官功能对象的最合理形式。此外,它们还有相当先进的听觉传感器。"

"等等。"艾米皱着眉,摇摇头。她的耳朵里感觉像是被胶水堵了起来。她知道这不太可能,但她真的很想要一根棉团,尽管她知道那不会有什么帮助。"你再解释一遍。我们现在并不在太空里啊。"

"没错。"博士表示认同,抬起手臂,好让自己从下面观察这只被悬起来的老鼠。"我们在环境改造场里面,那是最初的莫芬人建造的超大型机器之一,用以将'此后'从'地球风格'的结构改造成真正'类地'的环境。"

"你是指那些'稳定场'?"阿拉贝尔问,"地球稳定场?"

"那三座并不是山的山?"艾米问。

博士微笑着点头,"是的。"他说,"如果我正确理解了阿拉贝尔的话,而我的方向感也没偏差的话,那我们应该是在二号稳定场里。"他朝艾米看了看,"我确信无疑。"他咧嘴一笑。

"我们在山底下?"塞姆威尔问。

"这就是稳定场里面的样子。好吧,至少一部分是。"

"那工厂般的噪声呢?"艾米问。

"是稳定场巨大的引擎正在工作,"博士说,"大气处理机、地震促动仪、气象发生器、播种泵。这是一个世界工厂,它正在改变世界,而它已经如此工作了二十七个世代。它是一个不同凡响的大工程,它的使命是完成一个更不同凡响、规模大到令人难以想象的大型工程。"

"那好,回到我最初的问题,"艾米伸手指着老鼠问,"眼瞎的太空老鼠,对不?"

"称作'变异鼠'比较好,"博士说,"就像'变异人'。遗传物质和生理结构均经过重建,是生物学意义上最纯粹的老鼠。你也可以说,是一只有血有肉的工具。"

"我见过的可不止一只。"艾米说。

"在了不起的'大迁徙世代',"博士说,"当人类从地球散播开来,它们在各种主世代飞船和休眠方舟舰里相当常见。那些飞船都十分巨大,就像是太空中的一个个小国家。它们经过了很多个生命周期的旅程方才到达目的地。人类乘客可能将有数千年时间在休眠中度过,不到达最终的殖民星球不会苏醒,否则他们将在旅行半途就耗尽生命。所以,等一艘世代飞船到达另一颗行星的时候,可能已经有好几个文明完成了起起落落的发展进程。"

"当真?"艾米问。

博士点点头,"而与此同时,飞船内部的生态系统也会不断发展:虫害、虱子、污垢、啮齿类。人类很快就认识到世代飞船要保持干净,最好的办法就是不断进行清洗。鼠类什么都吃,因此人类改造过的鼠类几乎可以在任何环境下生存,能够以任何东西为食。变异鼠生活在飞船的各种黑暗角落,以吃那些不应该出现在那里的东西为生。"

"那么……这些老鼠是跟着莫芬人最初的飞船一起来的?"艾米问。

"怎么说呢?是也不是。"博士说,"制造它们的思想延续下来了,也就是技术。但它们并没有存在二十七个世代那么久。它们并不会长生不死,也不是被繁衍出来的。这些是最近被生产出来的。"

"这意味着……?"

博士若有所思地呼出一口气,"这意味着,这里的某处有一个自动化生产这类东西的制造场,以及一个含有鼠类DNA的基因储备池,来繁育新生鼠类。"

"一个鼠类工厂?"艾米问,"用来制造简易老鼠?"

"制造封装老鼠。"博士表示认同,他捏着老鼠的尾巴,像玩流星锤一样晃荡着，"制造方便，用完可丢弃。"

"可为什么呢？"艾米问。

"想必是因为有什么东西出了问题。"博士说。他不再把老鼠晃来晃去，因为意识到这样做对他和老鼠来说都有失体面。

"环境改造系统已经发现了能效的下降或其他一些缺陷，"他说，"于是自动启动了诊断程序来处理这个问题。变异鼠也许是第一步，造出一些变异鼠，释放到系统中，清除污垢、杂物、虫害，或是一些小故障。"

"小故障？"艾米说，看着博士手上的那只老鼠，"它们看上去非常饿。"

"因为它们并不能解决那个使环境改造进程备受困扰的问题，"博士说，"那不是一个可以用吃来解决的问题。"

"但万一它们到了外面，"贝尔说，"它们会袭击绵羊……山羊……"

"可能会的。"博士同意，"一方面是饥饿，一方面又处于环境改造系统控制之外，它们可能会陷入狂乱。这就解释了家畜被杀的事情。"

"这么说来，那些雪怪并没有杀死然后吃掉羊只？"艾米问，"冰雪战士。我是说冰雪战士。"

"是的。"博士说，"这就解开了我最初的一个疑惑。我从一开始就怀疑冰雪战士。当我发现有些什么东西正想控制整个星球的气候,使其变得更冷的时候,我立刻就想到了冰雪战士。"

"好吧,谁不会呢?"艾米问。

"别插嘴。"博士说。

"那就是你的直觉?你先前说你有的那种直觉?"

"是的。"博士回答,"我的直接告诉我,冰雪战士就是幕后真凶。但有一个小细节对不上:它们是食草动物。"

"也就是说,它们并不会吃掉家畜,"艾米说,"但那些老鼠会吃。"

博士拎着死老鼠的尾巴甩来甩去,就像甩着拴在绳上的七叶树果[1]。"没错,如果它们出得去的话。但环境改造系统按理来说是足够密闭的,可以阻止它们逃到野外去。"

"以你的判断,冰雪战士闯入环境改造稳定场做了什么手脚,对其进行破坏。"艾米说,"同时你也推断,环境改造稳定场察觉了这个破坏,认为那是一个故障,于是组装出这些变异鼠来处理它。理论上,变异鼠有可能通过冰雪战士闯进稳定场时制造的某种漏洞逃出去。它们就是这样到了外头,然后开始吃羊。"

"很好的推理,庞德。"博士说。

"那这些冰雪战士为什么要攻击稳定场?"阿拉贝尔问。

---

[1]. 一种儿童游戏,游戏双方用系在绳上的七叶树果轮流互击,以击破对方的七叶树果。

"因为它们也想要一个类地行星,但它们理想中的类地行星要更冷一些,而不是更温暖。"博士回答。

阿拉贝尔摇了摇头,"我不……"她开口道。

"你的祖先们,"博士说,"最初的莫芬人,当时在找一颗类似地球的行星。"

"就像往时地球?"塞姆威尔问。

"是的,就像往时地球。但他们能够找到一颗完全跟地球一样的星球可能性极为渺茫。我的意思是,这里面的变量十分巨大。他们最好的机会就是找一颗行星,足够像地球……"

"地球风格的。"艾米说。

"没错。"博士说,"要是他们能够找到一颗足够像地球风格的行星,那么他们就能用殖民方舟飞船上高精尖的环境改造系统来调整气候并使其宜居。你们二十七个世代以来做的就是这件事。就在你们照看这里的一切的同时,环境改造稳定场对'此后'进行了优化调整,让它变得更宜居。"

"而冰雪战士,那些迷人的家伙,"艾米说,"刚好对'宜居'这个词儿有截然不同的理解。"

"它们也需要一颗类似地球的行星,"博士说,"但它们概念中的类似地球并不是你们概念中的类似地球,而是类似于……"

"'类似'说得太多了,博士。"艾米说。

"好吧。大体上说就是,你们都在寻找同一类星球,但它们的理想环境温度基线要比人类的低至少五十至七十五度。"

"这么说,它们正在与我们作对?"阿拉贝尔问。

"我知道它们以前破坏过生物群落。"博士冷冷地说,"我见过它们实施自己的星球化进程。我甚至见到它们在地球上尝试过一次——在往时地球上,在往时地球消失之前。但我从未见过它们劫持别人的星球化系统并重新校准。这是典型的冰雪战士实用主义哲学的反映。"

"你要怎样才能阻止这些鼠类?"塞姆威尔问。他模仿博士的样子,拎起一只死老鼠的尾巴。

博士放下了自己正在摆弄的那只老鼠,把音速起子从外衣口袋里摸了出来。"我留意到,它们身上有改良过的声学传感器,"他说,"我猜它们对声波攻击特别敏感。我希望一次小小的高频冲击就足以杀死它们,或者把它们驱赶走。"

"并且让我聋掉。"艾米说。

"我相信你的耳朵不会像它们一样敏感。"博士说。

"好吧,比起被老鼠生吃活啃,我宁肯忍受耳朵疼。"艾米说道……

塞姆威尔发出一声惊恐的喊叫。他拎起来的变异鼠并没有死。它突然颤抖抽搐着,从被博士击昏的状态中醒了过来。它巨大的双颌像弹簧陷阱一样大张开,一嘴钢铁尖牙在昏暗的光线下微微泛光。老鼠借着尾巴的甩动,对着塞姆威尔猛地一顿咬牙。

"快放下!"贝尔大叫。

"别放下它!手臂伸长拿远点!"艾米叫道。

"啊……!"塞姆威尔只得照做。

博士打开起子,慢条斯理地瞄准这个咄咄逼人的活物。什么都没有发生。"哎哟……"他说。

"博士!"

他鼓捣着起子。

"我今天已经让它操劳过度了,"他说,"既用来抵消冰雪战士的冲击波,又要消灭变异鼠。它真的已经筋疲力尽了,现在进入了休眠模式。"

"博士!"

艾米一个箭步从塞姆威尔的手里夺过老鼠尾巴。他仍在惊恐地大喊大叫。变异鼠不断地闭合嘴巴,想对着她的手臂或是脸上狂咬。

"咬啊……咬啊……"艾米咆哮着,拎着它的尾巴往隧道的墙壁上猛甩,它顿时便没了声息。艾米把它扔到一边。"上次这招就很管用。"她说。

"这个罗瑞是什么人物?"比尔·格荣问。

"他是我的朋友,当选者。"维斯塔回答,"我们在树林里遇见的。我们俩都遇到了危险,他帮助我脱险。"

"我明白了。"比尔·格荣说。

"但我也用木槌砸了他的脑袋。"维斯塔承认。

"那完全没有关系。"罗瑞说。

"他是个陌生人。"强斯·普劳莱特说。

"是的。"维斯塔说。

"又一个陌生人。"老者温欧娜说,"今天已经三个了。"

议事厅突然鸦雀无声。每个人都盯着维斯塔和罗瑞。罗瑞感到相当不自在。在太阳灯下,围绕着他的每张脸都显得冷峻无情。他们正在寻求答案,看上去为了找出关键的秘密,好像不惜对他抽筋剥皮。大厅里充斥着被压抑的情绪。这些人生活艰辛,无论他们如何奋力工作,都不指望生活能有所改变。现在,某种意义重大的事情严重影响到了他们,威胁到了他们生活中可怜的舒适和慰藉,而他们需要答案。

尽管意识到了这些,罗瑞还是忍不住问起了问题:

"另外的陌生人,另外两个,他们是不是……一个留有红色长发的姑娘和一个高个子的家伙?"

周围的人全都开始窃窃私语。

"他承认自己认识他们了。"老者温欧娜说。

"他们在这里吗?"罗瑞问。

"他们曾经在这里,"比尔·格荣说,"但又逃走了。"

"他们怎么就逃走了呢?"罗瑞问,"他们在逃离什么?为什么他们要逃跑?"

"他们在使用妖术,我们认为他们是邪恶的。"老者温欧娜说,"我们把他们送进了监牢。"

"你们把他们关起来了?"罗瑞问,"你们把博士和艾米关起来了?那可真是个坏主意。"

"他们是他的朋友!"维斯塔插嘴,"他正跟他们一同旅行,到这儿来给我们送上节日祝愿!"

"他们这种异端应该送去……"温欧娜刚要开口。

"从哪里旅行过来的?"比尔·格荣简单扼要地打断了她。

"罗瑞和他的朋友们来自一个我们从未听说过的种植区。"维斯塔说。

"那不可能!"比尔·格荣说。

"那太荒唐了!"温欧娜大喊。

"这是事实!"维斯塔回答道,充斥在大厅里的交谈声已然喧嚣起来,"罗瑞,你的种植区叫什么来着?"

"利德沃斯。那儿叫利德沃斯。"

"一派胡言,根本不符合向导的命名规则!"强斯·普劳莱特说。

"听我说,我并不想要造成任何麻烦。"罗瑞试着让气氛平静下来,"我来自哪里并不真正重要。重要的是,现在外头有东西。那些东西在林子里,而且很危险。你们必须准备起来,保护你们自己。"

"什么东西?"杰克·达格特问。

"我与我的朋友们走散了,它袭击了我。"罗瑞说。

"它有红色的眼睛!"维斯塔附和。

"有红色的眼睛,"罗瑞同意,"它同样也袭击了维斯塔。它非常危险。我逃走了。我不得不拼命逃,于是就这样遇到了维斯塔。"

"我们为什么要相信你?"强斯·普劳莱特问,他的话引起了人群中的一些响应。

"因为它很危险!"罗瑞说,"我亲眼看见它袭击了一些人。我想他们是这儿的人。它袭击了他们,伤到了他们。"

"他们叫什么名字?"温欧娜问。

"我不知道!我们都还没相互介绍。"

"他们长什么样?"艾拉·希德追问。

"我……我……他们看上去是这里的人。"

"其中有我的丈夫吗?"莱恩·卡塔问。

"我不知道!"

"你说,它伤到了他们?"比尔·格荣问。

"有没有杀死他们?"艾拉·希德发了疯似的问道,"他们死了吗?"

喧闹已经变得相当激越。莫芬人从各个方向朝罗瑞聚拢。他们既愤怒,又沮丧,纷纷想要接近他。

"都给我回去!"索尔·法罗警告他们,"小心点!走开!"

"别伤害他!"维斯塔大叫。

"大家镇定!大家镇定!"比尔·格荣的喊声盖过了吵闹。他从混乱的人群中拨开一条道来。"这样太不得体了!立刻冷静下来,否则我就要下令议事厅清场了!这样不妥!不许动他!"

人群中的混乱并未就此平息。事情变得有些失控了。人们推搡着往罗瑞这儿挤。

"你们不应该这样对待他!"维斯塔冲他们大叫,"他是我们的客人,一位朋友!你们不应该用这种态度对待一名当选看护!"

嘈杂之余,比尔·格荣还是听见了她的话。"他是什么?"比尔冲索尔和杰克使了个眼色。

两人点了点头,抓牢了罗瑞和维斯塔,拥着他们穿过愤怒暴乱的人群,往议事厅后方走去。人们开始抗议,挥出拳头,伸手乱抓。

老者温欧娜正在后面等着他们。她拿出钥匙,钥匙上穿着丝带,始终挂在她的脖子上,通常用来打开大厅后门的挂锁。杰克和索尔带着罗瑞和维斯塔穿过后门,紧跟着的是温欧娜和比尔·格荣。比尔和老妇转身闩上了门,将暴徒阻挡在身后。莫芬人们开始大叫拍门。

罗瑞环顾四周。他们来到了位于主厅后面宽敞的木质接待室。高高的天窗上亮着灯,木质地板上铺着灯心草席子。房间的另一头有一道用莫芬人称为船壳的材料制作的华丽大门,被安装在一个复杂的框架里,让罗瑞联想到某种未来派风格的气闸或是潜水艇舱门。

"我们暂时可以在这里平静一下。"比尔·格荣说。

"这是哪里?"罗瑞说着,挣脱了索尔的束缚。

"这是向导圣殿的外屋。"老者温欧娜说。

"那是什么?"罗瑞指着金属舱门问道。

"那是通向密室的门,"维斯塔说,"向导的教义就存放在里面,只有议会成员可以进入。"

"别老问问题,你回答我。"比尔对罗瑞说,"她说你是个看护,是真的吗?你是一名当选看护?"

"是的,我……没错,我是。"罗瑞说。

"那我向你致敬。这是当选看护之间的问候。"比尔·格荣郑重其事地行礼。

"这要么是个谎言,要么就是诡计。"温欧娜说,"他承认自己认识的那两个人,说自己是从'见处'来的,还用妖术想让我们相信……"

"或许有些什么我们并不知道的事情!"维斯塔插嘴道。

莫芬人都看着她。

"我是说,也许会有。"她说,"别这么看着我。我完全不知道罗瑞是什么人,但他既和蔼又善良。我同样不了解他的朋友,但我确切地知道,种植区野外的树林里有一些十分凶猛危险的东西。我也知道,这在向导的教诲中完全没有提及。对此我们要怎么做呢?我们难道就因为向导没有讲起过,就假装它不存在吗?"

"向导给我们制定了赖以生存的各种法则,是为我们好,维斯塔。"温欧娜说。

"树林里的怪物说明了一个问题,温欧娜。"维斯塔对老妇说,"它说明了'此后'这个世界里有一些事物超出了向导的教义范围。那怪物就是一个,罗瑞或许也算一个,还有他那两个无论是从哪个种植区来的朋友。我问你,我们是站在这里指责他们有违神意,还是对此做些什么呢?"

"我们可以去验证。"比尔·格荣静静地说。

"怎么做?"温欧娜问。

"你知道的,温欧娜,"他说,"我俩都接受过教诲。我们知道向导的教义,知道向导用来指导莫芬人的那些话。我们的伊迈纽尔[1]向导会对虔诚的事物进行甄别并加以归类,只有真正邪

---

1. 伊迈纽尔(Emanual),读音同Immanuel,即"以马内利",《圣经》中对耶稣基督的别称。

恶的东西才会继续保持陌生和未知。如果……这位罗瑞真的是一名当选看护,那么向导会认识他。向导认得他的人。"

"当选者,你有何建议?"温欧娜问。

"你知道我的建议是什么。"比尔说。

温欧娜摇了摇头,"当选者,这里是密室的入口了,是我们最珍贵的地方。只有最贤达和坚定的莫芬族人才能通过这里,接受向导教义的指引。"

"我正是这个意思,"比尔·格荣说,"让罗瑞证明他自己。"

砸门声和叫嚷声并没有减弱。温欧娜上下打量着罗瑞。

"不会是要做……格斗审判之类的吧?"罗瑞警惕地问,"还是说,会有鲨鱼或蜘蛛或其他什么东西?要是有陷阱或者笼子,或者需要选择武器,我可真不打算继续下去。尤其是,或许周围还有人冲我咆哮和嘲讽。"

"不会有这种事的。"比尔·格荣说着,走向金属舱门。

"到这儿来,罗瑞。"他说着向罗瑞招手。

罗瑞有些不情愿地往他那儿走去。

顺着比尔·格荣所指的方向看去,舱门右侧镶有一块银色哑光金属面板,差不多是一本精装书大小,位置在门把手的高度。

"这是'验格'[1],"他说,"它能够识别出够资格的人,

---

[1] 原文为Chequer,本义是西洋棋盘,但这里的意思是其同音词"checker"(检验器)。

向导通过它来辨别我们。"

比尔将手掌平摊在面板上。一道霓虹光自下而上扫过他的手掌。接着,嘀的一下,伴随着气压的嘶嘶声,舱门打开了。清澈凉爽的空气扑面而来。罗瑞看到里头像是一间屋子,笼罩在蓝莹莹的霓虹灯光之中。

"我的手掌可以打开密室。"比尔说。他再次触动面板。舱门如刚才开启时一样,重又缓缓关上了。

"这是个手掌识别装置,"罗瑞说,"属于生物识别。它会读取你的掌纹,或者也许是你的遗传物质。"

"你试试。"比尔说。

"喔,我想这并不是个好主意。"罗瑞说。

"如果你是当选看护,向导就会识别出你,让你进入。"温欧娜说。

"真的,我……"罗瑞说。

"试试。"比尔·格荣命令道。

罗瑞将他的手摊在了面板上。

我们土地的创造者

博士热情高涨地在前面带路,众人探索着这个大型环境改造工厂深处的各个腔室和隧道。

仅仅是这里的规模,就已经让贝尔和塞姆威尔哑口无言,就连艾米也不敢妄加评论。人造山体中经过加工设计的洞穴,比她在地球上见过的任何机器、工厂或建筑都要大。自从她离开地球,乘着塔迪斯到处旅行之后,见过的建筑规模都没有超过眼前这座工厂的。

他们沿着镶嵌着镀锌金属板或是船壳略有污损的薄板的曲折管道行进。他们进入的腔室是山体被掏空后形成的,岩石表面切割得又平又直,就像是定制抛光过的混凝土结构。硕大无朋的机器占据着这些腔室,艾米觉得应该是涡轮机,它们输送着的东西也不知是能量还是提取物,泵出到满是闪亮金属管道和冷凝器的庞大网络中。其中一些管道的尺寸,足以让两列火车平行通过。它们或通往通风立管,或是一路向下到石质地面,通往更深处的其他腔室和更大更奇特的机器。

有时候,博士和他的同伴会从管道里出来,走上用船壳材料交叉焊成的网格走道。巨大的地下空间的中央,这条网格走道如同一条精致的桥梁,陡然悬在腔室地面数百米之上。站在桥上,他们可以抬头仰望数千米之上模糊不清的顶端,或是向下凝视热交换槽、能量池或其他更深处的沟壑。暖气升腾,拂上他们的脸,吹起他们的头发。

"我已经找不出词语来形容这里的'大'了。"艾米说。

"没有一个词语能够描述这里的规模,是不是?"博士表示同意。

它们走过的所有地方,都可以听到巨大机械装置的嗡嗡声。偶尔他们也可以听见变异鼠从建筑通道或是侧面管道发出的疾走刮擦声。

他们进入了岩石层的一个腔室,发现那是他们到目前为止见到的最大的一间。令人眩晕的空间由一根巨大的银色金属柱所占据,蜘蛛网模样的管道连接其上,看上去像一颗巨大的铬黄色橡树。高空中,屋顶弥漫着一团团的蒸汽,以至于那棵巨大的金属树仿佛裹在朦胧的枝叶之中。

"那是云吗?"艾米问,抬头向上。

博士点头。

蒙蒙细雨开始落下,就像在潮湿的秋日。腔室如此巨大,甚至都有了自己的天气系统。

"这简直就是次级序列生命反应池嘛。"博士带着观鸟痴刚刚发现一个非常罕见的物种时的欣赏语调说道,"多美啊!"

"那是用来干吗的?"贝尔问。

"它让世界变得更美好,"博士说,"对人类更美好。它创造生命,能够柔和地将'此后'的生态系统塑造成型。"

"你说次级。"艾米说。

"什么?"

"你说那是个次级序列什么什么的。"

"是的,"博士就事论事地说了起来,"这样的次级序列大约有上百个,都用来支持那些主序列生命反应池。希望我们可以看到主反应池,因为它们真的很大。"

艾米冲他笑了,"你真正被打动的样子可不常见。"她说。

"你怎么能不被打动呢?"博士回答,"这差不多是人类工程学的巅峰了。那些来自地球的小猿猴,居然发展到可以自己重新设计、重新组建整个星球的程度,这是一个伟大物种的标志。说句良心话,地球化改造是个缓慢进程,往往会花上几百上千年。开启这个进程的人都活不到进程结束的那一天,但他们仍然会去做。这就是我喜欢人类的地方。他们有梦想,有伟大的抱负,然后就开始去着手实现,即使知道自己无法活着看到它们完成。金字塔就是那样建成的,还有中世纪那些伟大的教堂。人们都准备在'未来'上做投入,准备将自己一生的劳动贡献给一个更伟大的整体,让其他的人——未来生活着的人——得以受益。"

艾米逐一瞥过塞姆威尔和阿拉贝尔,两人正满怀敬畏地站在那里,抬头凝视着那巨大的机器,雨点落在他们的脸上。

"要是时间太长,他们开始忘记这一切是为了什么,会怎样?"她问。

"莫芬人并没有忘记,庞德。"博士说,"他们知道自己在用环境改造系统做什么。他们正致力于推进这个进程。他们正在执行这个伟大的计划。"

"没错,可即使如此,"艾米说,"时间过了那么久,他们也会开始不记得的。都已经过了那么久……贝尔怎么说的来着?二十七个世代?他们甚至已经不理解这里面的科技。那完全是自动的。他们就像变异鼠一样,生活在一台能够自动运转的机器的阴影之下。没错,他们知道他们的日常事务和工作,我也确信他们明白自己是其中的一部分,只是……"

"什么?"

"等到一切结束了,会怎样?"她问道,"我是说,工作全部完成的时候会怎样?他们做好准备了吗?"

"这要再过好多个世代之后才会发生。"博士说。

"确实如此。但这些莫芬人的曾曾曾孙们会懂的更多一点吗?他们会有所准备吗?鉴于他们所学的,从来都只有如何在重建过程中生存，他们甚至都不知道要拿这个亲手建造的世界怎么办，这不是很危险吗？"

"我确信他们会喜欢上它的。"博士说。

"欧洲的石匠没有大教堂可建的时候做了什么呢？"她问，"金字塔建成的时候，那些奴隶怎么样了呢？他们作何感受？"

博士想了想，皱起了眉头。

"在我看来，这些莫芬人真的很好。"艾米说，"他们勤奋无私，非常认真地对待自己的生活。但这真的让我觉得他们只懂得工作，我不知道工作结束以后他们会做什么。"

"呵呵，"博士回答，"这就是生命和进化的本质所在。莫芬人正在把这个世界改造得符合他们的生理条件。当时机成熟，当这个世界彻底变成了地球的样子，他们就要改变观念和态度来尽可能地在这里生活下去。"

他沉默了一会儿。

"怎么了？"艾米问。

"当然，总还是存在一个问题：他们到底有没有机会去实现这一步？"博士说，"他们面临着一个以'冰'字开头的问题……"

"以'战士'为结尾。"艾米说着，点了点头。

"冬季的风光非常有趣，令人神清气爽。"博士告诉她，"但我得搞清楚，冰雪战士具体对稳定场系统做了什么手脚。"

"然后阻止它们?"

"是的。"他点头,"事实上,我曾在火星文化上花了些工夫,也很尊重火星文。但就当下这种情况而论,我站在莫芬人一边。他们拥有这里,那些冰雪战士本质上是要彻底消灭他们。我们必须帮助莫芬人主持公道。"

他们重新开始行走,穿过另一条连接着一个腔洞的通道,狭窄的船壳走道下豁然出现了令人眩晕的落差。岩浆远远地翻滚着,散发出炽热的亮光。

"不是说笑,可我们要怎么去赢呢?"艾米静静地问,"冰雪战士都很高大,很强壮。他们还有声波枪和飞船等诡异伎俩。而我们这边,我们只有一帮农民,对武器的概念还停留在农具上。要是起了冲突,结果肯定是一边倒的。"

"那我们必须放聪明,不能让事情发展到起冲突的地步。"博士说,"我们可以智胜冰雪战士。"

"那他们很蠢吗?"

"不,完全不。"博士说,"他们很有智慧,但我可是博士。"

"那好,"她说,"用你的聪明才智暴击我呀。"

"我们先找出他们是如何搞破坏的,然后我们去消除他们搞的破坏,就这样击败他们。"

"简单吗?"艾米问。

"不，那可难上天了。"博士叹了一口气。

"我以为你才智超群呢。"

"你看到这个系统的规模、尺寸和复杂程度了吗？我要搞清楚冰雪战士具体在干什么，是需要一些时间的，而且我得搞明白要怎么修复或逆转它们造成的破坏。同时，我必须在不搞乱其他系统的情况下，做好所有这些事。地球化进程的平衡可是非常精妙的。此外，这些环境改造设施全是自动化的系统。很多组件单元都是密封的，因为它们本就没有进行手动操作的必要。很多地方都是无法进入的。比如，要是下面的某个单元需要修理，你要怎么下去呢？"

她越过栅栏往下看，情不自禁地颤抖起来。

"更不用说，"博士说着提起了关键问题，"我暂时还没有一个可以使用的音速起子，这就让一切难上了无数倍。"

"你的起子会充好能的。"艾米安慰他。

"我知道，"他说，"但我们没有太多时间了。而且我最关心的是，不能让环境改造系统遭到破坏。你很清楚，我通常的做法是先胡乱摆弄一番，再临时制定对策。但假如我做了过多地尝试，很有可能会造成比冰雪战士更大的破坏。你知道其实我最好能有什么东西吗？"

"环境改造系统入门大全？"她问。

"是的，没错。"他答，"我真的很需要这台行星级巨大机器附带的详细操作手册。"

"那估计就在手套工作箱[1]里。"艾米咧嘴一笑。

贝尔来到他们身边,塞姆威尔跟在后面。贝尔皱着鼻子,问道:"那是什么气味?"

博士嗅了嗅,"硫黄,从地幔通道排上来的。"他说。

"不对,还有其他的。"艾米说。

博士又嗅了嗅,"你说的对,庞德。"他说,"我伤到了你的听力,因此你的嗅觉进行了代偿。那是……有什么东西在腐烂的味道。"

"不管是什么,闻上去都不怎么好。"阿拉贝尔说。

博士已经开始向下一站进发了。他们跟着他,沿着走道穿过一条由岩石切割出的隧道,走过一条金属饰面的走廊,眼前出现了一个宽阔的穹室,看上去像某种储藏室。他们步入其中,腐败的恶臭变得异常浓烈。

"呃,"艾米捂住鼻子和嘴,"真难闻。"

"是正在自然腐化的有机物质。"博士陷入沉思,"可为什么在这儿呢?"

贴着穹室的墙壁,摆着一排排塑料柜,每个柜子都放着一套防化服和面罩,适合人类的尺寸。

---

[1] 实验室密封隔离设备,常见于科幻影视作品中。

"这是一个准备区域,"博士说,"科学家和技术人员到这里来穿戴装备。看到头顶上没有?"他指着镶在穹顶上的蓝色灯组,"紫外消毒灯,"他若有所思地说,"他们来到这里,穿好装备,然后再给自己灭菌……"

他回到刚才进来的入口。那是一道滑动舱门,但他们抵达的时候,门已经是开着的。

"瞧。"他说。舱门门框的右手边有一块银色金属面板。有什么非常热的东西已经将它割穿,将其融化。金属切割处的边缘看上去像是融化了的黄油,但是全都变黑了。

"那是个手掌扫描识别仪,"博士说,"它控制门锁。有什么东西从外边切开门,进入到了里头。"

"挺热的什么东西。"艾米说。

"我想应该是密集声波。"博士回答。他穿过带穹顶的准备室另一端开着的舱门。那扇门也是开着的。手掌扫描仪也遭到了相似的破坏。

腐烂衰败的气味在房间的另一端要更加浓烈一些。

"我们去瞧一瞧,如何?"博士建议道。他走过敞开着的舱门。其余人都跟着他。

门的另一头,他们发现自己处在一条长廊的一端。

长廊非常宽,而且非常长,非常非常长,至少有一英里,看上去没有尽头。这让艾米想起了那种工业化苗圃,大型的温室,只不过这里是在地下。一组组明亮的人工太阳灯沿着屋顶排开,镀锌的金属地面上排列着一行行金属深罐和玻璃桶。似乎有什么东西曾在那些容器里生长,规模相当可观。

长廊里的气味令人难以忍受,就像是夏季室外无人管理的垃圾箱,经过足足六周的环卫罢工之后的情形。

"这是什么?他们是在栽培植物吗?"艾米问。

"无疑是某种形式的栽培。"博士也这么认为,"我没想到会有这个。除非……"

他瞅了瞅其中一只桶。

"除非什么?"塞姆威尔问。

"这些培养单元遭到了破坏。"博士说,"出现了失调,培养失败了。也许是蓄意造成的失调。它们闻起来如此糟糕的原因在于,这里培养的不是植株作物,这些是有机组织的体外营养库。"

"为什么?"艾米问。她上前来到博士身边向桶里头看。毫不夸张地讲,向她飘过来的恶臭已经到了惊世骇俗的地步。桶子几乎已经空了,不过她可以从桶侧面的一条液位线看出,它之前是满的。罐子的底部满是黏糊糊、臭烘烘的残渣,就像是恐怖片里那种腐烂败坏、令人毛骨悚然的玩意儿。"噢,实在令人作呕。"她脱口而出。

"是的,可为什么呢?"博士思忖着,手指轻敲着嘴唇,

"为什么是组织?我猜想这可能是某种有机样本的储存系统。也许用来合成变异鼠的DNA就曾被悬浮培养贮存在这类东西里面。这或许曾是遗传物质存储罐,或者动物DNA的收藏库,这样一旦世界被改造成型,莫芬人就可以培育任何种类的生物。"

"真的?"艾米问,"那这里是……这堆垃圾……这里面曾是活体组织?有血有肉的那种?"

博士点点头,"然而生命支持系统失灵了,或者是被破坏了。从舱门被强行闯入的情况来看,我猜系统是被破坏了。于是,活体组织就开始腐烂,"他说,"遗传数据库也彻底被毁了。"

他看着艾米。

"或者……"他略有些词穷。

"或者什么?"她问。

"或者这里根本就不是基因库,"他说,"而是个有机农场。"

"你什么意思?"

"我的意思是,"博士说,"有什么人,或是什么东西在这些罐子里培养某种肉体。"

艾米露出一个作呕的表情。

"就像是从弗兰肯斯坦的实验室里跑出来的东西?"她问。

"是的,"博士说,"但要糟得多。"

通往密室的舱门停顿了一会儿,分析着罗瑞手掌的扫描结果。罗瑞的手掌按在面板上,脸色苍白、强颜欢笑地站在那里,发了疯似的盘算着,要是舱门没有开,他得说些什么。

他想到了一个极好的办法,绝对可以说服比尔·格荣和其他莫芬人相信,即使舱门没有反应,他也是地位崇高的人物。然而舱门打开了,他永远也没有机会去用这个办法了。

"瞧见没?"他希望如释千斤重负的感觉在自己声音中没有表现得太明显。

"好吧。"比尔·格荣说。

"向导守护我们。"温欧娜说。

"我们给您造成了不快,罗瑞当选者。"索尔·法罗说。

"没事,完全没有关系。"罗瑞摇摇头,用力咽着口水,"我理解,你们必须谨慎,特别是发生了那么多……事情。我们进去吧?"

他向舱门走去。

"那……现在就没有必要进去了吧,是不是?"温欧娜说。杰克·达格特半挡住装作若无其事、自顾向前的罗瑞。

"我是说,"老妇开口,"目的在于看你是不是能打开这扇门,现在目的已经达到了,进去就没有必要了。"

"我想……是的。"罗瑞说。

"我们根据决议前来请教伊迈纽尔向导。"比尔·格荣对温欧娜说,"验格已经确认了罗瑞当选者的尊贵身份。为什么我们不能请他进入我们的经室?"

温欧娜放低了声音,专注地对比尔·格荣说话:

"是我们的议会,"她反驳道,"我们的议会,不是别人的!这是一桩'旁处'事务,这是'旁处'的议会,而我们伊迈纽尔向导的教导是专门针对我们议会成员的,并非其他人!我相信罗瑞当选者和他的议会也不愿意我们到访他的种植区时,也进入他的密室窥探。"

"为什么就不能换一个新的视角呢?换另一种思维方式?"维斯塔建议道。

"不行!"温欧娜断然否定。

"这不是你说了就能否决的。"比尔·格荣说。

"也不是你说了就能通过的。"温欧娜回答,"议会必须进行投票。那就只能这么办了。"

比尔·格荣点点头,然后看了看索尔,"我们能回到大厅去吗?"

锤击声已经消失,议事厅似乎安静了许多。一切都安静了下来。或者说,一切都在静待大门开启的那一刻,伺机猛扑。

"我和杰克去查看一下。"索尔回答。

"让所有人都回去,留下议会的人。"比尔说,"给议事厅清场。我们得解决这个问题。要是危机真的那么紧迫,像维斯塔和罗瑞说的那样……"

两个男人去掉门闩,开门回到了大厅里。罗瑞听到新一轮的嘈杂重新响了起来。他看了一眼维斯塔,有些担忧。她微笑作答,让他放心。

几分钟之后,索尔再次出现在门口,示意他们过去。

除了留下的议会成员以外,议事厅已经被清场。杰克·达格特手下的一个工人关上了外围的门。并没有什么东西被掀翻在地,不过会众区域的很多椅子和长凳都被推到了一边,杂乱无序地随意摆放着。会议结束得并不愉快。

"我不得不稍微扭曲了一下事实。"罗瑞听到杰克·达格特对比尔·格荣小声嘟哝,"我告诉他们今晚必须回家,因为向导需要这个空间。我们要在这里商讨重大问题。我告诉他们,那是向导的确切意愿。"

"向导会原谅你的,杰克。"比尔回答。

"我还说,他们会在向导之钟敲响的时候得到答案。"杰克补充道。

"那我们必须在那之前找到答案。"比尔说。

他朝维斯塔做了个手势,暗示她应该把罗瑞带到一边坐下。餐柜里摆放着一些食物和饮料。罗瑞都没有意识到自己有多饿,他喝了些叫不上名字的汤,吃了些粗麦面包,看议会的人坐在那儿讨论。维斯塔也吃了,吃得津津有味,而她的双眼一直没有离开争论着的议会成员。

"噢……"她突然伤心地叹气。

"怎么了?"罗瑞问。她还来不及回答,他就看到比尔·格荣走了过来。

"我们投过票了,"比尔说,"结果对你不利。我很抱歉,当选者。"

"好的。"罗瑞说,"那现在怎么着?"

"理事会将回到密室开始工作。"比尔说,"我建议你们两位暂时待在这里,就待在附近,这样如果有需要的话,我们还可以交谈。请自便,吃点东西,休息一下。"

比尔走回议会成员中间,那些人站起身,跟着他穿过后门去了密室。杰克·达格特跟着他走了,留下索尔·法罗看着他俩。索尔关上了后门,朝维斯塔和罗瑞耸耸肩,表示自己跟他们一样无可奈何。然后他舀了一碗汤,在一只火桶边坐了下来。

维斯塔和索尔继续吃着,罗瑞坐在一边,听着火桶里爆开的噼啪声。议事厅窗户板上一阵轻柔但节奏平稳的轻叩告诉他,雪又下大了。

他意识到,尽管白天遭遇了各种危险和恐慌,但最糟糕的事情也许是等待。

"我们可以离开这个地方了吗?"艾米问,"这里臭气熏天。"

"嗯。"博士点头。她看得出,他根本没有在听。

他陷入了深深的思考,她几乎能看见思维的齿轮正在飞转。

"我们可以从进来的路返回吗?"她一边问,一边比画着往回通向准备室的门。

"嗯哼。"他说。她仍然没能引起他的一点注意。他只是发出了声响,来回应她的声响,这种带着几分鼓励但并不明确的声音造成了一种错觉,让一个实际上并没有他参与的对话中,似乎有他在参与。

这让艾米很是担忧。当博士开始神游,陷入沉思,那就意味着很多事情都出了岔子。"此后"显然出了很大的问题,一个真正性命攸关的严重问题。这是她自己琢磨出来的。而博士的困扰似乎在于,在问题的根源上,还有一个谜团。

她知道博士很喜欢挑战问题。问题不论大小、难易,不论有多可怕,多难以应付,不论它是会扫平宇宙,还是"像—这—样—用—单—调—刺—耳—的—机—器—人—声—调—说—话—并—且—使—用—'消—灭'—之—类—的—词"[1],博士都乐在其中。他可以与之对抗。他可以与之较量。他可以解决问题。

---

[1] 戴立克族语调。戴立克族是1963年《神秘博士》中出现的外星机器人种族。

他通常可以在解决问题的时候说出些言简意赅的话。

而谜团则相反,颇为令人困扰。它们就像他心头溃烂发痒的伤口,会让他心烦意乱,坐立不安。问题和谜团同时出现则是一场沉重的打击,因为博士要等到完全解释清楚谜团,才有可能着手解决问题。

这里的谜团包含众多因素:环境改造系统的规模和复杂性,乖戾凶狠的冰雪战士的诡计,以及极其恶劣的天气。艾米心想,要是让她来决定,她或许会在清单里加上一条"完全不够圣诞",但那样又显得不太公平。然而,还有其他的因素。首先就是这个堆满一箱箱腐肉的巨大温室。她并没有想明白这意味着什么,但它似乎让博士非常困扰。这似乎又与他所担心的其他问题并无关联,既离奇又令人费解。

不过,难闻的异味就是难闻的异味,而跟长廊里那些令人作呕的东西比起来,所谓的异味就像是醉人的芬芳。他们被迫留在这个地方,周围满是那些放了太久、臭气熏天的大缸。

"那我们出去往回走吧?"她提议。

"嗯。"

他甚至都没有看她一眼,手指放在唇上,踱来踱去。

"我们从刚才那些满是防化服的准备室原路返回吧。"她问道,"找找有其他什么可看的?"

"嗯。"

她转向贝尔和塞姆威尔。

"来吧。"她说,"如果我们开始走,他会跟上来的。"

他们开始沿着桶之间的过道向出口舱门走去。果不其然,博士跟上了他们,不过他仍沉浸在思考之中,看上去很需要一根意念潜泳管。他们穿过带穹顶的准备室,博士在后面紧紧跟着。

"也许我们会找到适合野餐的好地方?"艾米回头冲他喊。

"嗯。"博士有了反应。

"他没有听我们说。"艾米对塞姆威尔和贝尔说,"他的脑子正在神游。他正处于思维过载状态。"

"他经常这样吗?"阿拉贝尔问。

"可不。"艾米说,"你看着哦。"她继续走着,回头大叫,"我发现这个时节的海象特别巨大!"

"嗯……"

"它们很早就开花了。"

"嗯……"

"不过,能见到它们玩钟琴还挺不错的,呢?"

"嗯……"

艾米装出目瞪口呆的失望表情,冲塞姆威尔和贝尔摇了摇头,这让他俩不由得大笑起来。

突然,博士冲到他们身边。他正直直地盯着前方,警惕的样子让人一惊。

"我们得回去。"他悄声说。

"什么?"艾米问。

他伸出手臂挡在他们面前,强行制止了他们继续向前的脚步,伸长了脖子,仔细倾听。

"什么?"艾米重复道。

"我们绝对得往回走。"他说。

"回到那个恶臭的房间?为什么?"

"嘘!"他说,"你听不见吗?"

艾米什么都没有听见。

"我们得回去,"博士说,"或者最起码,我们不能再走这边。"

然后艾米也听见了。那声音远远地从头顶上传过来。是脚步的声音。沉重而有规律的、笨拙的隆隆脚步声。

"别动!"博士冲他们压低嗓门,仿佛他举起的食指会将他们冻结在原地。他探出身子,直到可以沿着前方的走廊一路望过去。

脚步声更近了。他先是看到有什么东西在动,然后是一个影子,由一排太阳灯投影在走廊的墙壁上。

那个侧影,不会有错。

他朝他们转过身。

"冰雪战士,"他说,"往这边来了。快跑。"

"随便跑跑还是逃命一样跑?"艾米问。

"你觉得呢?"博士回答。

他们开始跑。

他们往回跑过准备室,进入有机物长廊,也顾不上那股味道了。博士一个滑步停在了门口,察看门上的面板,看看是否有什么办法关闭舱门,把冰雪战士锁在身后。但有东西破坏了舱门,把机动装置都给融掉了。舱门已经生生地被撬开了。

"继续走!"他大喊,跑着跟上他们。他们沿着臭气熏天的大缸和凝结着黏稠物质的玻璃桶之间的金属网格走道,向巨大长廊的远端跑去。

"你怎么知道那头会有一个出口?"艾米向博士大喊。

"我不知道!"他回答。

"那怎么办?"

"我们没有太多选择!"他回答。

艾米回头一瞥。不是个正确的选择,但她还是那么做了。

她看到身后大约五十米的那道舱门入口处,第一个冰雪战士出现了。总共有三个。它们无比巨大,每次只能有一个穿过那道舱门。它们脸上透着一丝呆滞和麻木,头顶上的一排灯映着它们的红眼睛。它们走起路来宛如杀手,就是那种戴着昂贵墨镜的职业杀手。

最起码,艾米心想,万一雪怪开始动武射击的话,一排排大缸和金属桶多少会给他们提供些掩护。是战士,她纠正自己,是冰雪战士。

她朝后最后一瞥,发现它们根本没有配枪。

它们都举着剑。那种古旧的、柄带倒钩的双手阔剑。

"噢,好极了!"她说。

夺目奇景在远方

博士听见艾米惊恐得近乎哽咽的声音,也回头看了一眼他们的追逐者。他看见了她刚刚看到的一切。冰雪战士带着中世纪的野蛮武器,怀着中世纪的野蛮思想,让博士的脚步迸发出额外的活力。他开始打头阵,催促塞姆威尔和贝尔跟紧他。

"剑?"艾米尖叫起来,步子迈得更大,好让自己跟上,"长剑?当真?那玩意儿是真的吗?"

"我毫无头绪!"博士大吼着回答她。

"不,你有!"艾米抗议,"你总是知道的!"

"好吧!"博士回头大叫,不顾一切地往前冲,"我想我可以推测,冰雪战士来自一个古老的尚武社会,对于手持祖先打造的传统武器感到极为自豪。而使用带刃的古老战斗武器,表明它们要进行肆意杀戮和仪式化的行刑!但在它们追杀我们的时候,讨论这个问题应该不是什么开心事!"他补充道。

至少有半打冰雪战士坚持不懈地在长廊里一路追赶他们。舱口仍不断有后来者涌入。最接近他们的战士,似乎在呼唤他们。

它们发出了怪异的喉音,至少可能是在发出警告,或是勒令它们的追逐对象停下脚步或者投降。这很难说。每一声号叫听上去都不太像言语,而更像是压缩空气驱动的扭力扳手发出的嘶嘶喷气声。

阿拉贝尔落到了博士、塞姆威尔和艾米的后面。又长又重的冬裙严重妨碍了她。

"快点!"塞姆威尔喝道,拽住她的胳膊,把她推到自己前头。他环顾四周,恰好看到艾米被甲板平台的边缘绊住了,一个倒栽葱跌倒在地。

"快走!"塞姆威尔冲贝尔大叫,又冲回去帮艾米。

艾米把自己蜷了起来。塞姆威尔拽住了她的双脚。

"快点!"他几乎是在乞求。

"好……好的!"

"你受伤没有?"

"我撞到了膝盖。"艾米挣扎着吸了一口气。

"你必须得继续跑!"他不得不强调。

两人回头看。

一名冰雪战士就在二十米外。它已经到了一排大缸的尽头,看到他们,便举起了长剑,双手握住剑柄高高立起、刀锋向下,就像是一个拿着武士刀的忍者。就是罗瑞喜欢的功夫片里的那种刀,不管叫什么名字。武士刀?武撕刀?武术刀?

那个冰雪战士并没有停下脚步。它看上去加快了速度,似乎是在冲向他们。

艾米和塞姆威尔逃开了,他牢牢地抓住了她的手。

博士引导着大家飞速逃亡,在长廊尽头的墙上发现一道出口舱门,与他们进入长廊的舱门一模一样,只不过它是关着的。

那是唯一的出路。

他往舱门跑去,鞋子在最后几步不住打滑,让他猛地撞了上去。舱门封得很牢,不过门框上装着又一个掌纹读取器。这一个并没有被破坏或融穿,完全是正常运作状态。

博士啪地将右手放在面板上。霓虹亮光从他的手掌下射出。接着,舱门四角红灯闪烁,喇叭反复厉声尖啸。

舱门并未识别他的掌纹。

它不会开了。

"啊!"博士说。有那么一瞬,他开始伸手去拿音速起子。然后他想起来,那只是浪费时间。

冰雪战士几乎已经追到跟前。

阿拉贝尔在他身后赶到,艾米和塞姆威尔紧随其后。博士转向一脸惊恐的阿拉贝尔,拽住她的手腕,把她的右手按在掌纹读取器上。一道霓虹光从她手掌下射出。咔嗒一下,伴随着嘶嘶声,舱门打开了。

博士赶紧把阿拉贝尔推进舱门,然后抓住正跑过来的艾米和塞姆威尔,把他们也推了过去。他在敞开的舱门口转过身,最后看了一眼正在步步逼近的冰雪战士,咧开嘴笑了。

"坦索氏的战士们!"他冲着它们高喊,"伊克森蒙斯家族坦索氏的战士们,告知你们的督军,寒青星向他致意!"

冰雪战士停下脚步,盯着他。他甩出一个傲然自大的致敬礼,向后穿过舱门,随即按住了手掌面板。喇叭再次响起,四角红光闪烁。舱门并未像他以为的那样,被戏剧性地关合。

"这部分还得想办法解决。"他承认,指了指门锁。冰雪战士明确了方向,又向前迈进,举起了手中的利刃。

艾米越过博士,伸手按在面板上。一道霓虹光从她手掌下射出。咔嗒一下,舱门伴随着嘶嘶声,当着冰雪战士的面哐当合上了,把它们锁在了另一头。

博士看着艾米。两人的鼻尖都快碰到一起了。

"你怎么知道那会管用?"他问。

"我并不知道。"她说。

"不过还是,干得漂亮,嗯?"他指出。

"我也这么想。"她回答。

几记锤击的声响从舱门另一侧传来,他俩不约而同地向后猛退了一步。

"这样能挡住它们一会儿。"博士说。

"要是它们像之前那样,也融穿了这把锁呢?"艾米问。

"噢,它们会的。"博士说,"不过我们现在有了很不错的优势。全都因为你是个人类。"

"什么?"艾米问。

"因为你是个人类。"博士重复。

"我听不懂你这不合逻辑的推理怎么办?"艾米问。

"你能够操纵舱门,"博士解释,"因为掌纹读取器识别你的遗传密码为人类。贝尔能够打开门,也是这个原因。人类造了的这个地方,因此人类的基因密码对门锁起作用。"

"即使像我那么古老的人类基因?"艾米问。

"只要是人类基因就行。"博士回答。

"等等。"阿拉贝尔看着博士,慌张地说,"如果你不能打开门锁,那是不是说明,你不是人类?"

博士尴尬地看着艾米,"啊,是的。我要怎么解释才好呢?"他开口道。

他还没来得及回答,艾米一声尖叫:"塞姆威尔!"

塞姆威尔已然伸出的手悬在掌纹读取器上方。在艾米的抗议之下,他赶紧把手缩了回来。

"我只是想看看它是不是对我也有反应。"他有些气恼。

几下更为沉闷但是有力的锤击落在了舱门另一侧,他后退了几步。

"不过,我最好还是用别的门来试,嗯?"塞姆威尔补充道。

"我想那样会更有益于我们所有人的健康。"博士说。

他环顾四周，评估着他们身处的环境。这是一个后勤室，满是金属搁架和料斗。搁架上摆满了工具和设备，看上去仿佛有一部分是医用的，而有一部分是园艺用具。料斗里装满了用塑料包裹的机械备用件。他拿起几个部件，仔细查看。

"博士，我们真的不能留在这儿。"艾米说。

"是的，我们不能。"博士说。

似乎是要支持她的观点，猛击舱门的声音停止了，取而代之的是一种令人极为难受的高频呼啸，就像是牙医的钻头马力全开时发出的声音。

"是的，我们真的不能留在这儿。"博士说，"那是聚焦声波钻头。它们只要两下就能把这扇舱门弄开。如果我们运气不好的话，说不定一下就能打开。我们走吧。"

他们赶紧远离恼人的噪声，来到后勤室的尽头。眼前是另一道紧闭的舱门。

"现在你可以试了，塞姆威尔。"博士说。

塞姆威尔把手放在面板上。舱门开了。

塞姆威尔看上去对自己非常满意。

穿过舱门，他们走进了一条由一排蓝色顶灯照亮的阴沉走廊。走廊向两侧延伸，左手边传来了重型涡轮机械的咆哮。博士带着他们往右侧走。他吩咐塞姆威尔关上了他们身后的舱门。

"这样他们就得越过两道障碍。"博士强调。

大家感到更加安心了一点,轻快地沿着走廊向前。

"我们当着冰雪战士的面合上门之前,你跟他们说的是什么?"艾米问。

"噢,你知道的,打招呼啊。"

"你会怎么跟一个冰雪战士打招呼?"艾米问。

"嗯……欢迎欢迎,冰雪战士?"

"你的话其实并没有你以为的那么有趣……"艾米说。

他们到了另一道舱门前。这一次,艾米打开了它。

另一头的房间黑黢黢的,但自动灯很快闪烁着打开了。空气闻上去透着陈腐的味道,还有不少灰尘。这间屋子更大一些,内部有色泽苍白的船壳饰面,宽阔平坦的楼面上覆盖着奇异的图案,图案多是圆环和螺旋,由色彩各异的精致金属细线镶嵌而成。腔室的另一头还有一个舱门,整个空间的一边装有复杂的控制站和控制器。另有两把椅子面朝控制台摆放着,椅子有着高高的靠垫椅背和加高的扶手。这个区域看上去像是宇宙飞船的驾驶舱。

博士朝工作区域走去。他似乎对控制系统挺着迷。"去看看下一道门后面有什么,"他对其他人说,"别走太远。"

"你打算干什么?"艾米问。

"我打算研究一下这些东西。"他倚着控制台说。

他思索着,手指从一排触摸屏上扫过。灰尘从他指间落下。"我想我知道这是什么,"他说,"事实上,我确信我知道这是什么。"

"真的?"艾米问。

"稍等一会儿。"博士进一步考察。他回头做了个手势,"看地板,庞德。看看地板上的这些图案。我们在哪儿见过?"

"呃……我不知道。"艾米说。

"想一想。我们最近见到过的。"

"真的吗?我不知道。"

"那就等一会儿。"说着,他在一张高背椅上坐下,十指交叉,压着指关节。他已经随机按下了几个开关,几个指示灯亮了。控制台嗡嗡作响,开始启动。"请允许我向你展示这究竟是什么。"

"博士,我们真的有时间停下来到处摆弄吗?"艾米问。

"我们有时间停下来摆弄这个东西,"博士说道,"如果这就是我以为的那个东西。"他补充道,"根据我们所确定的一些情况判断,这就是。"

阿拉贝尔和塞姆威尔回来了,他们已经检查了下一道门。

"出去是另一条过道,"贝尔说,"还有些房间。我们没有走太远。"

"很好。"博士说。他进一步调整了控制设定。

"你在干什么?"塞姆威尔问。

"他在显摆呢。"艾米说。

"我没有。"博士说,"我正在让这些长期处于休眠状态的系统重新工作,并给它们供电到可运转的能量水平。"

"没错,不过他并没有告诉我们,他为什么要那么做,或者他做的到底是什么。"艾米对贝尔和塞姆威尔说,"而原因就是,这样做的话,它发挥功能的最终效果就会更加引人注目。"

"来点富有戏剧性的期待从来都是无伤大雅的。"博士说,"这是一种制造悬念的艺术。一位来自丹麦的王子告诉我的。"他轻描淡写地又摆弄了几下设置,然后拿起收纳在控制台插槽中的又小又沉的远程控制设备,站了起来。

"来吧。"博士对他们说,"到这里来。到屋子中间来。快点。"

能量在继续积累。他们能听见四周传来的响动。房间里的灯光也越来越亮。

"你做了什么?"艾米问。

"很安全的,我发誓。"博士说。他通过远程控制设备做了一下微调。

能量水平增长的嗡鸣变成了一阵阵没精打采的搏动,像是缓慢循环着的能量脉冲。

"好嘞。"他说,"准备好了吗?扶住你们的帽子。"

"我没有戴帽子。"塞姆威尔说。

"你应该来一顶。"博士回答,"帽子可酷了。"

博士按下了控制面板上的激活按钮。

房间里,他们周围的灯光变化相当大,不仅仅微闪和变暗,光线的质感似乎也有了变化,变得更柔和了,不再那么强烈,就像是伦敦西区舞台剧场景切换时的样子。如此奇特的效果,使得阿拉贝尔、塞姆威尔和艾米全都不由自主地小声惊叹起来。

然后他们意识到了自己眼前看到的是什么。他们眨了眨眼睛,看到周身的腔室非常突然地发生了转变。大家第二次不由自主地发出更大声的惊呼,更饱含赞叹。

博士咧开嘴笑了。

他们已经不在原来的房间了。

他们完全置身于另一个地方。

罗瑞琢磨着他是不是该勉为其难地再来点儿汤水。他并不是真的想再来点儿汤。汤是不错,但他已经饱了。然而,除了傻坐在那儿,来点儿汤几乎是唯一可以做的事,而且他已经厌倦了傻坐在那里。至少,喝汤算是在做点什么,算是某种行动。

议事厅非常安静。维斯塔在打盹儿。索尔·法罗正望着最近的那只火桶,桶里噼啪作响。索尔早已去喝过两三次汤回来了,罗瑞担心要是索尔决定去喝第四次,或许就不会有多少汤剩下了。那除了傻坐着无聊地发呆,就真的没什么其他事可以用来消磨时间了。

夜风在外头越刮越猛,卷起雪珠敲打着窗户。罗瑞能够听见那沙粒拍打一般的响声。外面暴风雪正在肆虐。靠近火桶的地方都足够温暖,但议事厅主入口大门下方总有刺骨的邪风钻进来,屋顶的烟囱管道里发出怪异的笛鸣般的风声。

"他们已经花了很长时间。"罗瑞说。

"向导的回答往往是很难找到的。"索尔回答。他清了清喉咙,往前凑向火堆暖手,"特别是……你知道的。"

"遇到了一个从未遇到过的问题?"罗瑞问。

索尔点了点头。

"你们真的是直到现在才真正经历冬天吗?"

"一直没有经历过,直到最近三年。"索尔说,"当然,我们知道冬天什么样,知道往时地球的冬季是什么样子,因为都有记载。而通常这个季节都要相对冷一些。但是我们以前从未见过冰雪。"

"好吧。"

"维斯塔告诉你的,是不是?"

"是的。"罗瑞说。

"那你的老家有冬天?"索尔问。

"对,有的。"罗瑞说,"在我的家乡还挺常见的。我们习惯了冬季。但这儿冷得有点太厉害了,真是个严冬啊。显然,一反常态的冬季或多或少会让人担忧。"

他站起来,望着通向密室的那道门。

"或许我应该去看看他们在干什么?"他提议,"我确信我帮得上忙。"

"那是不被允许的。"索尔回答,"议会都是通过投票来做出决定。"

"他们到底在查看什么呢?"罗瑞问。

"哦,当然是向导的教义。"索尔坐起来,皱起眉头看着罗瑞,"向导提供给我们的契约,原样保存在密室之中。向导知识渊博,比我们任何人都要博学,通常需要花很长时间和非常多的智慧才能筛选判断向导告诉我们的是什么。"

"你们的伊迈纽尔向导。"罗瑞说。

"没错。"罗瑞说,"想必你们的种植区也有同样的向导?"

"我们有游客咨询处和每周免费的报纸。"

"什么?"索尔问。

"没什么。"罗瑞走动了几步,"我真希望我能知道艾米和博士在哪儿。我希望他们没事。博士总是知道该怎么办。我不断地想象,要是他在这儿,会怎么说,会怎么做。"

"喂!你好?有人听见吗?"博士的声音突然响彻议事厅。

索尔和维斯塔都大为震惊,差点跳了起来。

声音似乎是从罗瑞的正后方传来的。他非常缓慢地转过身。

议事厅沐浴着柔和的黄色光芒,温暖而明亮,却不知为何,是从地面上、墙壁间、天花板之中发出的。能量沿着镶嵌在木质地板上的圆形金属纹路,形成闪闪发光的哥特式花纹,一路延伸至大厅横梁和屋顶立柱的接缝处。

大厅中央变换了模样。转眼间,它似乎变成了看上去非常前卫的白色房间的一部分。议会区栅栏前的几排长凳,已经变成了看上去应该是计算机工作站的格局,另外还有两把高背椅。

罗瑞所站的地方,一半属于议事厅,一半属于新出现的白色房间。

脑袋发光的博士正站在他的面前,一起的还有艾米和两位罗瑞认不出的莫芬人青年。

"博士!"罗瑞大喊。

"罗瑞!"博士满怀欣喜地惊呼,"罗瑞·威廉姆斯·庞德!"

"不是我的真名。"罗瑞微笑着。

"我确信我们能联系上什么人,"博士兴奋地说,"但我不敢相信竟会是你!"

一时间哑口无言的艾米冲过去拥抱罗瑞,而他张开了双臂迎接她。

"你们是怎么来到这儿的?"罗瑞大笑。

预料中的拥抱并没有按计划发生。罗瑞和艾米像面对鬼魂一样穿过了对方的身体,双方都惊讶不已。他们停了下来,转过身相互对望。

"刚刚发生了什么?"罗瑞问。

"为什么我触碰不到罗瑞?"艾米质问道,"怎么回事?太令人毛骨悚然了!我就这么穿过了他。如果我们在同一个房间,为什么我触碰不到他?"

"好吧,因为你们根本不能算是在同一个房间。"博士说。

艾米伸出手,想要感受罗瑞的脸庞。她仅仅只是成功地将她的手穿过了他的脑袋。

"呃,行了,别再那么做。"罗瑞告诉她。

"这太诡异了!"艾米抗议。

"是的,不过还是别那么做了。"罗瑞说。

"你想必是在'旁处'的议事厅里。"博士说,"干得漂亮,罗瑞。那儿正是我需要你去的地方。"

罗瑞若无其事地耸了耸肩,就好像他早就计划好了似的。"你们在哪儿?"他问。

"我们在二号稳定场,"博士回答,"就是白天你从窗口或许能望见的那几座大山之一。其实我们在内部很深的地方,所以你还是看不到我们的。"

他的声音太大、太清晰以致失真,就好像在用一条连接有问题的线路打电话似的。

"罗瑞,还记得那些山么?"他问,"我认为不是真山的那些怪异玩意儿。"

"我记得,博士。"罗瑞说。

"好的,那些真的不是山,而是巨大的机器,名叫'环境改造系统',或是'环境莫芬化系统',或者随便你怎么称呼吧。它们被建造出来,用以改变这个世界,重新整合气候,让这里更像地球。"

"更有地球风格?"罗瑞笑了。

"一语中的,庞德先生。"博士大笑,"因此,这个过程将持续很多年,很多个世纪。那是一个长期项目。总之,我们正在其中一台机器里面。"

"好的……"

"具体来说,"博士说,"我们在一个远程呈现通信室里。我们是偶然发现它的,它可能曾经是连接莫芬人社群的通信网络的一部分。"

"仿佛你就在这里一样。"罗瑞说,仍然不大相信自己的眼睛。

"那是妖术!"索尔·法罗嘟囔着。他和维斯塔都吓呆了。两人瞪大了双眼。

"那是谁？"博士问。

"那位是索尔·法罗，"罗瑞说，"而这位是维斯塔。"

"维斯塔·弗拉瑞什！"博士大喊，"活得好好的！多么令人难以置信？非常高兴能几乎见到你本人，维斯塔。如你所见，你姐姐和塞姆威尔在这儿，和我们在一起。他们非常安全。好吧……相对安全。好吧……他们是在这儿跟我一起呢。"

维斯塔和贝尔走上前，相互望着对方。

"我真是好担心你啊。"贝尔说。

"你看上去像是用光做成的。"维斯塔说。

"她就是！"博士喊道，"对你来说，她就是！远程呈现系统会产生一个实时全息场，就像是3D。我爱3D！特别是红绿3D眼镜。总之，它能在我们这儿产生一个你的全息图像，反之亦然，因此我们全都看上去在同一个房间里。"

"真是太离奇了。"艾米说着，把手指戳进罗瑞的面孔里。

"又来了，停下。"罗瑞说着，视线回到博士身上。"博士，发生了什么事？"他问，"镇子上发生了非常可怕的事情。有一种怪物……"

"有红色的眼睛！"维斯塔脱口而出。

"是的，红色的眼睛。"罗瑞同意。

"那应该是冰雪战士。"博士点点头，突然严肃了一些，"我很遗憾地告诉你，周围可不止一个冰雪战士。那真是个问题,罗瑞。它们对莫芬人,对'此后'上所有的人类,都是个威胁。我们得通力合作来阻止它们,破坏它们的计划。"

"如何做到?"罗瑞问。

"先说首要的事情,你得让莫芬人做好准备。"博士告诉他,"冰雪战士已经被调动起来了。它们随时都可能发起攻击。"

"维斯塔,格荣当选者在吗?"贝尔问,"你能把他叫来吗?或是议会的其他成员……强斯、老者温欧娜,任何人?他们得听听这件事。"

"他们全都在密室里,商议向导的教义。"维斯塔说。

"唷,那可真有意思。"博士说。

"维斯塔,去把他们叫来!"贝尔催促道,"赶紧去!"

维斯塔点了点头,飞奔而去。索尔仍然惊讶地盯着这几个亮闪闪的人影。

"博士?"罗瑞说。

"什么事,罗瑞?"

"我……等一下。艾米,说真的,别再用你的手指戳进我的鼻子里了。博士,你为什么说话那么看急呢?"

"我有吗?"博士问。

"有。"罗瑞说,"就好像是……你没有多少时间了。"

"没有什么时候可以比得上现在!"博士热情洋溢地说,但他有时候真的不太擅长说谎。

"博士……"罗瑞的声音里充满谨慎,那是在表明"我可是认真的"。

"什么?"博士问。

"那尖厉的噪音是什么?"罗瑞问。

地底深处第二稳定场之下的全息场里,博士回头看了看他的朋友闪烁着全身影像,很不自在地转过身。

聚焦声波钻头的声响正在稳步变大。

"等等,罗瑞。"博士说,"站在那儿别动。"

他走出全息图像区域的辉光,向开着的舱门走去。噪声在走廊中回响。冰雪战士已经割穿了博士和他的同伴们沿路锁上的第二道舱门。

"塞姆威尔?"他唤道。

年轻人跑过来加入了他。

"留意看好这里,"博士告诉他,"一旦冰雪战士在那道门口出现,就大喊出来让我们知道,然后锁上这道舱门。这样就能再次拖慢它们。"

"向导作证,我明白了。"塞姆威尔说。

"一旦你完成这些,我要你带上艾米和贝尔从另一条路走,从你侦察过的路出去,明白了吗?"

"明白,博士。"

"这很重要。"

"A类重要。我明白。那这一切发生的时候,你会在哪儿呢?"塞姆威尔问。

"我会在你们身后。"博士说,"但我需要你来带路,这样你就可以用你的手去开门锁。"

"啊,"塞姆威尔点头,"对,懂了。"

博士让塞姆威尔站在门边看守,自己走回了全息图像区域。

艾米和罗瑞面对着面,相互看着对方。

"我真的很担心你。"罗瑞告诉她。

"我也担心你。"她回答,"你只是回去拿了件外套,能有多难?"

"哦,我以为你们在我回去拿外套的时候被捉住了。"罗瑞说,"看来,这一系列的灾难都因你们而起。"

"事实上,是因为塔迪斯错得离谱,导致我们离圣诞差了不知多少年去了。"艾米回答。

"好吧,总之我真的很担心。"罗瑞说。他举起手,打开手掌,手指微微摅开,就好像他正按着一面窗玻璃。艾米用左手做出了相同的动作,于是他们通过全息媒介"触摸"了双手。一只连着松紧带的手套挂在她的袖口上。

两人的手,相互穿过了对方的。他们一起猛地各自向后退了一步，摇着头。

"我以为那会非常甜蜜，"罗瑞失望地说，"我以为那会是个经典时刻，就像电影里，当英雄身陷囹圄，姑娘去看望他，他们把手放到探访间的玻璃隔板两侧？就像那样，你明白吗？"

"明白。"她说。

"但那真有些令人毛骨悚然。"他说。

"真是有点儿。"她同意。

罗瑞看到博士再次出现了。

"博士，那是什么声响？"他问。

"没什么好担心的。"博士欢快地说。

"他那么说，只是想让你不要担心。"艾米说。

"那是什么声响？"罗瑞问。

"雪怪正在钻穿舱门来捉我们。"艾米告诉他。

"什么？"罗瑞非常惊慌地问。

博士看了看艾米。他的肩膀垂下来，忧伤地叹了口气。

"这甚至都不是什么难记的名字，还有贾鸫费斯[1]或者卡斯妥瓦拉[2]那种呢。"博士对她说，"我是说，我的一个朋友当场

---

1. 第九任博士的故事中（2005版第一季第七集《漫长的游戏》）出现的外星生物，形似蛞蝓的巨怪，通过控制新闻操纵人们的生活。
2. 第五任博士的登场故事的标题，长达四集（1982年，老版本第十九季一至四集）。"卡斯妥瓦拉"是意大利阿布鲁索地区的一个小村庄，故事以荷兰著名图形视觉艺术家M.C.埃舍尔在当地游历期间的石板印刷作品《卡斯妥瓦拉》为灵感，还原了一个奇异的视觉空间。

就给起了这个名字。冰雪战士,很简单,一点不难。为什么你记住它会如此困难?"

"大概是现状导致的压力。"艾米脱口而出。

"她说的是真的吗?"罗瑞问博士。

"完全不是。"博士回答,"'怪'这个字从来就跟它们的名字没有任何关系。它们就叫冰雪战士而已。"

"上帝啊……博士,它们钻穿门了吗?"罗瑞坚持发问,尽最大努力不让自己大喊出声。

"它们正在钻呢。"博士承认。

"博士!你们必须离开那儿!"罗瑞说。

"维斯塔去找议会的人了吗?"

"去了。"罗瑞说。

"好吧,我们没有时间等他们回来。"博士意味深长地说,"听着,罗瑞,一切其实都很简单。冰雪战士想要这个星球。它们想要征服并殖民它。它们想要从莫芬人手上夺走它。但它们需要这里变得更冷,冷上许多许多。它们不希望莫芬人使这里温暖起来,变得更像地球。它们理想中'像地球'的概念不同于莫芬人理想中的'像地球',而且……"

"博士,跳过那一段。"艾米建议。

"好的。罗瑞,"博士挑重点说,"关键问题是,冰雪战士已经破坏了环境改造系统。它们已经重新调整'此后'一头扎进了冰河时代。"

"于是就有了突如其来的冬季。"罗瑞说。

"正是。"博士赞同道,"冰河时代刚好适合冰雪战士,但那会把莫芬人彻底消灭。我不打算让这种事发生。因此……我准备阻止冰雪战士,罗瑞。我要消除它们造成的破坏,并且加速环境改造系统的全球变暖进程。我要把'此后'变成一个让任何冰雪战士都觉得非常难以忍受的地方。"

"好的。"罗瑞点头。

突如其来的爆炸声从外面的走廊传来。

"博士,它们过来了!"塞姆威尔在门口朝这边大喊。

"关上你那道舱门,塞姆威尔!"博士回应道,"带所有人去另一个房间,像我告诉你的那样!"

"是,博士!"塞姆威尔回答,他将手放在掌纹读取器上,舱门砰地关上了。

"抱歉。真的是时间不够用了。"博士说着转向罗瑞,"就像我说的,我需要重置环境改造系统,但那是一套巨大并且非常复杂的系统。要知道,我不希望因为胡乱摆弄而造成全球性灾难。我需要计划和日程来展开工作。罗瑞,我遇到的所有莫芬人都不断提及'向导'。根据我的理解,向导拥有他们所尊崇的生存原则或者教义。我想他们指的其实是一套指导手册,由最初的殖民者留下的信息编纂而成,涵盖了所有操作并维护这套系统的细节。"

"我也是这么推测的。"罗瑞表示同意,"这套指导手册在他们的生活中扮演着无比重要的角色,人们将它当作某种神圣的教条。我听到他们称之为'伊迈纽尔向导'。"

"伊迈纽尔,还是e手册[1]?"博士饶有兴致地问道。

"正是,"罗瑞说,"e手册。一部电子手册。我想它是数字化保存的。毗邻大厅有一个地方被称作密室,那就是他们保存它的地方[2]。"

"我需要复制一份。"博士说。

"噢,可他们不让我进去。"罗瑞回答。

高频牙科钻头似的声音开始在舱门另一头咆哮。冰雪战士就在门外了。

"快点!"塞姆威尔对艾米和贝尔说,"我们得走了!马上走!博士说的!"

"博士?"艾米看着博士。

"罗瑞,我需要那个'e手册'。"博士说。

"我明白。"罗瑞回答,"但是他们不让我接近密室。"

"罗瑞,你得试试。"博士说。

"好的。"

---

1. Emanual(伊迈纽尔)可以拆分为e(电子)和manual(手册)两个词。
2. 密室(Incrypt)和加密(encrypt)同音。

"罗瑞,我是认真的。"博士说,"我们不能留在这儿了。这里不安全。我们得走了。我会试着找到另一个类似的远程呈现终端,一找到我就与你联络。帮我拿到'e手册',拜托了!"

"我会尽力而为的,博士!"

"我知道你会的。"博士说。

"博士,我们得马上走了!"艾米大喊。

"艾米!"罗瑞试着越过博士再看看她,大声呼喊着,"务必小心!千万小心!"

"你知道我会的。"她回应道,同时试着在把博士拖走时向罗瑞挥手。她希望他没看见自己眼中的泪水。她能看见他,却触摸不到,这是不公平的。他们不得不相互道别,然后开始逃亡,这是不公平的。她或许从此再也见不到他了,这太不公平了。

"走!快走!"博士告诉艾米,"带塞姆威尔和阿拉贝尔从这里出去,快逃!"

"我不能落下你!"艾米抗议道。

"噢,天啊!"罗瑞大喊,完全无能为力,"这没得选。你们快跑啊!"

"我得破坏终端,这样冰雪战士就不能接入它了。"博士说,"艾米,快走!"

艾米百般不愿地跑向了远端的门,塞姆威尔和阿拉贝尔都等在那里,吓得直发抖。"博士,快来!"她大叫。

博士正在调节遥控装置，重置主控制台系统。"回头见，罗瑞·威廉姆斯·庞德！"他朝罗瑞的全息影像咧嘴一笑。

"拜托，博士，快走！"罗瑞看上去苦恼又无助。有什么东西爆炸了，发出了类似枪声的巨大声响。眨眼间，一股金属燃烧的气味充满了腔室——钻头贯穿了门锁。

舱门洞开，两个冰雪战士跻进了远程呈现室，一个手执阔剑，另一个拿着装饰华丽的战斧，从手柄到斧刃，全都由同一块闪闪发亮的金属打造而成。

阿拉贝尔尖叫起来。

"博士，跑啊！"罗瑞和艾米不约而同地大叫起来。

博士转过身，看见冰雪战士向他逼近。又有两个跟着先前的那一对进入房间。博士把遥控手柄扔到冰雪战士的身上，试图分散其注意力，然后一个箭步，闪身跑向艾米和两个莫芬人。

执斧的冰雪战士用超凡的力量和姿态掷出了武器。精湛的武艺让闪闪发亮的斧子在空中旋转，飞舞时发出劈开空气的嗖嗖声。这次抛掷不为杀死博士，而是迫使他后退，阻止他逃走。

斧子飞过博士身边时，他惊呼一声收住了脚步。斧子击中控制台，利刃扎进了控制组件中。这一下摧毁了能源系统。议事厅的全息影像——心急如焚的罗瑞和哑口无言的索尔——闪烁着，跳动着，全都消失了。一阵炽热的火花从控制台飞散出来，小型爆炸的冲击波让博士扑倒在地。

艾米发出哀号:"博士!"

博士想要站起来。一只巨大的绿色螯钳紧紧夹住他的右腕,痛得他大喊起来。

"快走!艾米,快走!"他大叫着,想要挣脱开。

艾米站在舱门口,极度惊恐地盯着他。塞姆威尔和阿拉贝尔想将她拖出房间,但她挣脱了两人。

"博士!"

"离开这儿!"博士大吼着回应。

"不能落下你!"

"锁上门快走!保全贝尔和塞姆威尔!快跑!"

其他冰雪战士纷纷朝门口逼近。不出几秒钟,它们就能捉住她,舱门就会被劈开,他们全都会变成博士最难驯服的死对头的俘虏。

"求你了,艾米。"博士哀求,"求你了。"

两人四目相对。最后一眼。

这最后的交流超越了语言。

艾米绝望地放声大喊,终于允许自己被两个年轻的莫芬人拖出了舱门。她将手敲在掌纹读取器上,舱门在冰雪战士的面前砰地关上了。

它关闭的力量如此之大,一只羊毛并指手套落到了甲板上,手套上连着被切断了的松紧带。

夜晚月光明亮闪耀

博士站了起来。这并不完全是自觉自愿的行为。冰雪战士扼住了他的手腕,并抬起了自己的手臂,博士别无选择,只好跟随。要么如此,要么他的四肢之一就要被折断。

冰雪战士把掷出的斧子从冒着烟的控制台里扯了出来。随之而来的是飞溅的火花,像铸造桶里洒出的火星,在甲板上嘶嘶作响。其他的战士在它们的俘虏面前气势汹汹地站成了一个半圆。

"你们好啊,各位。"博士想要表现出友好,愿意接受谈判的样子,"我们何不挨个逐一介绍一下自己?你先开始。"

执斧的战士转身来到博士面前。它举起大螯拳,猛推了一下博士的胸口。博士大吃一惊,跌进了靠背椅里。

"坐下?"博士有些喘不上气,空气差不多都从他的肺里被压了出去。"绝好的主意。太棒了。我一整天都没能歇脚。"

斧子从博士的腰间挥过,距离近得差点要将他斩成两段,博士大叫一声,喘不过气来。斧刃嵌进了椅子的一只扶手里,这样手柄就牢牢地固定住了博士的身体,像是一条坚实的金属安全带。博士被固定在了后面。他在斧柄后挥动着手臂,用手掌抵住斧柄想把它推得远一点,但他没有争取到多少挪动的空间。

"现在要怎么样?"博士抬头看着巨塔般的劫持者,问道。无动于衷的红眼睛俯视着他。

"噢,天啊。我有个可怕的直觉——你们会杀掉我,或者是从我身上砍掉点什么。"博士说,"要是那样的话,我只想说,要知道,那没有必要,或者说不酷。我是讲道理的那种人。我相信我们可以谈一谈……"

"言……语!"将他原地用斧子固定住的冰雪战士嘶声道,这句话充满寒意,仿佛每个字都是从冰川上凿下来的,然后由一股北极强风从冰雪战士嘴角向下的裂缝一般的口中吹出来。

"言……言语?"博士问。

"对你的消灭是……必然的。"冰雪战士说,"但首……先,会有言……语的交换。"

每个音节似乎都是从冰柜里取出来的,像干冰一样在空气中冒烟。冰雪战士发出蜥蜴般的嘶嘶声,听上去如同刀刃在上了油的磨刀石上刮擦一般。

"你是在……提议要同我对话?"博士问。

"对话不会由我来进行。"巨人嘶声道。

"哦,有意思!那我要跟谁谈呢?"博士问。

一个身影在围成半圆的战士身后进入了腔室。他并没有冰雪战士那么高大伟岸,但却威风凛凛。

冰雪领主身着一件雍容华贵、贴合身型的钛合金网衣,那色泽就像是黄铜管道上的铜绿,或者是半透明的绿色海洋浮冰。他的装甲披风和长长的暴风大氅呈深绿色,像是由常青树上的针叶织成的。圆锥形的头盔犹如被抛光了的弹头。它用闪闪发光的白钢制成,带有淡淡的浅绿色螺纹,看上去像是由品质最上乘的潘泰列克大理石[1]雕刻而成。眼窝的位置镶嵌着翡翠镜片。

冰雪领主走过来,站在博士的面前。

"你跟我谈。"他说。他的嗓音要比体态笨重冰雪战士的那种嘶嘶声深沉一些,让博士想起了原野上隆隆的雷声,仿佛一场猛烈的雪暴,潜伏在荒凉南极旷原的地平线之下。

"好极了!"博士大声表态,"我们开始吧!我们该说什么好呢?我认为天气始终是一个很有礼貌的话题。我们谈谈天气如何?最近有些冷,是不是?绝对是改穿大衣的季节了。你觉得呢?"

"跟我说说你用来对付我们的新武器。"冰雪领主说。

"我都不知道有什么武器,"博士回答,"不管是不是新的。"

"提供虚假信息并不是一个好策略。"冰雪领主说,"新武

---

[1] 采自雅典附近的潘泰列克山,公元四到五世纪雅典最重要的建筑及雕塑作品的原料。

器已经被生产和使用。予以说明。予以解释。"

"我可以向你保证,"博士很坚决地回答,"我不了解是否有任何武器用来对付你们。我今天之所以跟你们打交道,唯一的目的是阻止你们杀死我和我的朋友们。"

冰雪领主俯视着博士,盯了他很久,以至于任何人类都无法再保持沉默。要领会这番言论,冰雪领主没有任何困难。但冰雪领主更愿意相信,要是他等待足够久的时间,就能得到自己想要的答案。

博士知道,这完全是典型的火星人心理逻辑,因此他没有回应。他将目光固定在玉镜片位置,等待着。你无法通过雄辩来赢得一场与冰雪战士的争论,你只能通过保持更长时间的沉默来获胜。

玉镜片后,黑色的双眼像上了油的黑曜石一样闪闪发光。

"一派胡言。"冰雪领主终于开口,"今晚早些时候,在地表的林地里,你们从我的一个战斗梯队手中逃跑了。你,还有另外三只哺乳动物。"

"那有可能是别人啊。"博士回答。

"那就是你。热感痕迹不会说谎。已经确认无误。"

"它们当时在追我们,"博士说,"它们显得一点都不友好。我们迫不得已只好逃命。"

冰雪领主又保持了相当长一段时间的沉默。

"那是因为你们拒绝投降，"最终他还是开口了，"它们向你们开火，你们抵挡住了它们的声波爆破枪。回到我最初的问题：向我坦白你用来对付我们的新武器，那个可以用来抵御声波攻击的武器。"

"噢，那个啊？"博士说。他努力表现得很轻松，身子往后靠，想要若无其事地跷起二郎腿。但横在他胸前的斧子，让他无法表现得很有风度。尝试了几次之后，他不得不把腿放回去，假装他只是想从大衣上挑走几根棉絮。"我不会将它描述成一种武器。那是对你们无端而致命的袭击的一种临时防御。"

"对此给予说明！"冰雪领主低吼道。

博士叹了口气，"我可以展示给你看。"他无能为力地对着将自己囚禁在椅子上的斧子示意了一下，"我可以伸手去掏口袋吗？"

冰雪领主看了看随行的战士，点了点头。战士走向前，握住斧头，将它从椅子里拔了出来。

博士长出一口气，微笑着，在大衣口袋里找音速起子。他掏出起子，给冰雪领主看。

"一个简单的多功能工具，"他说，"不是武器。由于被您的部队袭击，我便调节它，使它产生一种声波消除量场，来阻断它们的声波攻击。这是被动防御。明白吗？不是武器。"

"展示。"

"没法儿展示。击退你的战士几乎耗尽了这个装置的能量,它无法运转了。"

又一次漫长的停顿。

"另外的场合,"冰雪领主说,"这样的装置是否也有使用?"

"什么另外的场合?"博士问。

"不要回避。"

"我没有。"博士说,"什么另外的场合?"

"冲突正在升级,"冰雪领主说,"你方最近获得的战术优势压制了我们的声波武器。这就让我们有必要重新使用带刃武器进行装备。你是这个战术的设计师吗?"

"噢,拜托,"博士说,"我仅仅在林子里的一次小冲突中阻断了你的声波攻击,只是一次手忙脚乱的即兴发挥,而你就因此调整了你们的整个战斗策略?你们抛弃了高科技枪支,用老掉牙的仪式刀剑取而代之?说真的,我很厉害,但没那么厉害。"

"你一来到这个战场,我们的声波武器就突然大规模失灵,你还说自己不是这个战术改良的设计师吗?"

"你误解了客观事实。"博士说。

冰雪领主并没有回应。他以一种几乎称得上悠闲的步态,踱到了另一张高背椅前,转身面对博士,坐了下来。

"你和其他新来的人是从哪里来的?"冰雪领主问。

"我们昨天到的。"博士回答。

"你们所有人?"

"是的。"

"如何到的?"

"乘我的飞船。"博士回答。

冰雪领主再次停顿了片刻,"我们并没有侦测到飞船。轨道监测是持续的、全方位的。我们没有侦测到飞船,肯定没有发现一艘大到可以容纳你们所有人的船。"

"噢,说到点子上了。"博士说,"我说的是实话。你们的仪器肯定是出错了。这么说,你们在监控'此后'上的人口数量?"

"当然。"

"你们怎么区分现存人口和新来的人?"

"热感痕迹不会说谎。"冰雪领主说。

博士点头道:"啊,是的,对。每个人的热感影像就跟基因和视网膜一样独特。"博士陷入思考。他转过头,若有所思地看着艾米亲手锁在身后的舱门。羊毛并指手套还落在甲板上。

"或者掌纹。"他有些伤感地补了一句,重新望着冰雪领主,"好吧,这很有意思。你们监测到了与你们数据库无法匹配的热感痕迹,于是派兵来寻找并且辨别新来的人。"

"精确监测必须持续进行,"冰雪领主回答,"持续不断的威胁评估和分析让我们在这场战争中保持领先。"

"这场冷战。"博士说着,背向后靠,"你们来这儿多久了?"

"十个地球年。"

"但直到大概刚过去的几周,你们才开始暴露自己?"

"一开始,我们对气候引擎的调控就足够了。我们正在等待效果显现。不过后来,我们被迫主动出击。"

"你们的计划遇到了困难?"博士追问道。

"事态发展为公开的战争了。"

"是吗?"博士问,"真是这样的吗?若有所冒犯,我很抱歉,但我再说一遍:你完全误解了事实。你们正在破坏这颗星球的气候,而且,这一侵略政策的直接后果就是,你们将要灭绝一个智慧种群。这是一种渐进的种族灭绝。我得说,这会使你们一开始就处于一个道德困境中。然后我抵达这里,撞上了这一切,我的行为被曲解成受害者的反击。而现在,在你眼里,这就是一场战争?你完全误解了事实。"

"你知道的远不止你承认的这些。"冰雪领主回答,"不久之前,就在这座建筑之内,你在逃跑时给我的战士留下了口信。索德,重复这个俘虏所用的语句。"

执斧的冰雪战士向前走了一步,带着压缩空气发出的嘶嘶声说道:"战俘如此说道:'伊克森蒙斯家族坦索氏的战士们,告知你们的督军,寒青星向他致意!'"

"老实交代,你为何知道这些事情?"冰雪领主对博士说。

"很明显,"博士回答,"你们是坦索氏的人。看你们胸甲和头盔上的那些鳞片同脊棱组成的标志性图案就错不了。从胸饰上的徽纹可以确认,你们氏族效忠于伊克森蒙斯家族,而后者是古老火星最注重律条的家族之一。只需观察就可以知道。"

"由此可以推断,你先前与我族有过交手。"冰雪领主说。

"我从未声称自己没有。"

"你对我们文明的了解相当可观。你知道如何抵御我们的武器,你很清楚我们世系的血统和等级,你能够辨认我们生理上的多样性特点,其他种族很少有这种本事。而且,你知道我们语言中的词:寒青星。"

"当然。"博士微笑,"寒青星。我还在纳闷儿我们什么时候可以讨论到这一点。"

"我想知道你为何这样用词。"

"那是'寒冷蓝色星辰'的意思。"博士说。

"说来也怪,我知道那是什么意思。"冰雪领主回答,"你为什么要用这个词指你自己?"

"因为我就是以此为你们的族人所知的。"博士回答,看上去十分自豪,"我是说,在传说里。你们的人,特别是伊克森蒙斯家族,认为我是寒冷蓝色星辰。那名字来源于我乘坐的飞船。

这是个充满敬意的称号,表示我是伊克森蒙斯王朝永久的真朋友,同时也是一位势均力敌、值得敬畏的对手。"

博士站了起来。冰雪领主站在他对面。博士直起身子,眯眼看着冰雪领主。他无所畏惧。是时候使出杀手锏了。

"我是火星王朝的挚友,"博士说,"但同时我也是他们的劲敌。我与他们战斗过多次,每次都取得了胜利。冰雪领主艾泽莱克斯,坦索氏的督军,亲自赐名我为寒青星,以示尊敬。这样未来的世代才会知道我,并格外谨慎地对待我。这颗星球上的纷争状态必须结束。你们必须放手,停止对人类种群的迫害。这是给你们的最后警告。我就是你们祖先警告你们要当心的那个人。我就是寒青星。"

冰雪领主瞪着他。毫无表情。

"从没听说过你。"他说。

"什么?"博士问道。

"我是以撒奥迪亚,坦索氏的督军。"冰雪领主说道,"史上从未有过一位叫艾泽莱克斯的督军。我们完全不了解什么被尊称为'寒冷蓝色星辰'的劲敌。"

"可……"博士开口。

"等等……"他语无伦次。

"那可不太……"他又说。

他坐了下来,用手扶着额头。

"时间旅行。"他小声嘀咕,手掌不住地拍着前额,数落自己,"每!一!次!都让我失望!我得学着设置好我的时钟!"

他抬头望着以撒奥迪亚和那些冰雪战士。

"所有那些,"他胡乱比画着刚才站过的地方,就像是要对刚才大胆而挑衅的表演性的发言做总结一样,"所有那些显摆,我们能不能就假装从来没有发生过?我可以从你们的脸上看出来,那不可能。噢,你们打算杀了我。"

"你总是要死的。"冰雪领主回答。

"是的。"博士说,"但要是现在发生的话,我会非常恼火的。"

"我们得回去!"艾米怒气冲冲,抗拒着牢牢钳制住她的塞姆威尔和阿拉贝尔。

"确切来说,去做什么呢?"阿拉贝尔问。

"去救他!"艾米脱口而出,"去救他!用棍子戳瞎雪怪眼睛什么的!我不知道!"

"是冰雪战士。"塞姆威尔纠正她。

艾米转向他,"哦,真的吗?当真?现在是关注的时候,是吗?塞姆威尔·柯劳克?当真是吗?"

阿拉贝尔把艾米从尴尬得连连后退的塞姆威尔面前拖走。

"你很伤心。"她说。

"废话!"艾米哭了,"我们刚刚把博士丢在那儿等死!我们留他困在那里,被巨型的绿色蜥蜴怪包围!那真是……真是……"

"真是什么?"贝尔问。

"我做不出这种事!"艾米断然表态。

她转过身背对着他们,狠命地呼吸,想要控制自己的愤怒。他们跑了一段时间,沿着走廊进入迷宫般的隧道,最后来到了现在所站的走道。

他们脚下是巨大的岩石洞窟,庞大的涡轮机隆隆地泵动着。光线转变为琥珀色。蒸汽在支撑起他们的悬空网格走道周围升腾起来。

"他总是在我身边,"艾米静静地说,"总是支持我。他不止一次穿越时空来救我,而我就这么抛下了他。"

她转身面对他们。塞姆威尔和阿拉贝尔正非常担忧地看着她。艾米举起粗呢大衣的一只宽松的袖子。

"而且,我丢了一只手套。"她吸了吸鼻子,"我知道这完全是另一个微小级别的烦扰,但这确实很恼人,你们明白么?"

"他会没事的。"贝尔说。

"你怎么知道?"艾米问。

"好吧。"贝尔说,"我认识博士并没有你时间长。但就在这短短的时间里,我在他身边,感觉充满了信心。他知道自己在干什么。我……我从未见过像他这样看上去无所不能的人。"

"贝尔说的对。"塞姆威尔说,"博士想让我们离开。他告诉我们这么做。他的意思简单明确,这是唯一的办法。"

"那些东西,它们把我们逼到绝境。"贝尔说,"他希望我们能够逃走。"

"要是他死了,这对他就没什么值得宽慰的了。"艾米说。

"但至少会在他将死的时候给他一些宽慰。"贝尔回答。

艾米深呼一口气。她转身离开,抓住金属栏杆向下面的深坑里看,巨大的环境改造引擎正在缓慢运行。

"他总是有不止一个计划。"她平静地说。

"你是什么意思?"贝尔问。

"他故意让我们逃走。"艾米转身面朝两人,脸上露出了新的表情,"我是说,显然如此。他是想要我们得救,他会为了任何人牺牲自己。不过我了解博士,他就像是那种国际象棋大师,你们明白吗?"

两人不约而同地摇头。

"国际象棋大师下棋之前会提前做好布局。"艾米毫不在意,继续讲,"他们早就想好了自己将要怎么走。那个房间里发生的事完全失控了,他也肯定是想要救我们的……我知道当时他也在随机应变,因为我见过他临时做决定时是什么样子。但他总是有不止一个计划。"

"那又怎样?"贝尔问。

"他留下,我们才能够逃走。"艾米说,"你自己说的,塞姆威尔,是他告诉我们那么做的。他需要我们去做些什么。他需要我们继续执行计划,同时他拖住雪怪,让它们脱不开身。"

她察觉了自己的错误,然后瞪着塞姆威尔。

"不要纠正我。"她奉劝对方。

他耸耸肩,举起了双手。

"消除他们造成的破坏,"艾米说,"那就是他打算要做的事——消除冰雪战士造成的破坏,让稳定场再次工作起来。我们需要向导手册来完成这件事,把一切拨乱反正。罗瑞会帮我们把手册搞到手的。"

"但愿他可以做到。"贝尔说。

"我的丈夫不会让我失望的。"艾米说,"那首先我们要做的事情,是找到办法与罗瑞重获联系。"

她看上去斗志昂扬,随时准备行动,仿佛已经重新找回了魅力十足的自己。

"我想那是我们要做的第二件事。"塞姆威尔说。

"为什么?"艾米问,"那第一件事是什么?"

顺着塞姆威尔手指的方向,四个冰雪战士出现在他们头顶的另一条走道上。战士们往下看,发现了他们,然后开始寻找向下的最近路线。

"我想从这儿逃走或许应该是头等大事。"塞姆威尔说。

"艾米!艾米!博士!"罗瑞大叫。他带着绝望的恐慌,用双手抵住额头,不知所措地转了一圈。议事厅中央重又变回了原来的样子,完全没有了布置着花里胡哨的控制台和高背椅的雅致白色房间的任何痕迹。没有闪耀的光线从地板和梁柱的金属接缝里渗出来。没有博士和艾米的任何痕迹。

没有挥舞着斧头的冰雪战士的任何痕迹。

"我真不敢相信!"罗瑞抗声道。

"他们……"索尔开口了,皱着眉头,"他们去哪儿了?他们刚才还在这儿。他们去哪儿了?说起这个,他们一开始又到底是从哪儿冒出来的?那是妖术,绝对是!A类妖术!"

"噢,得了吧!"罗瑞抱怨道,"你看见没?你看见刚才发生了什么吗?那些地板!那些冰雪战士!它们就在那儿!它们就要抓住他们了!"

他看着索尔。一丝惊恐从他的脸庞闪过,他意识到一个可怕的事实。

"他们或许已经死掉了。"他低声嘟哝。

"发生了什么?发生了什么?"维斯塔冲回屋里问道。比尔·格荣和其他议会成员跟在她后头。

"罗瑞,那些东西都去哪儿了?"维斯塔拽着他的手臂问。

"无所谓了。"罗瑞说。

"我要再往你的倒霉脑瓜子上捶一棒子,我会的!"她信誓旦旦地说,"那些东西都去哪儿了?"

"被切断了。"罗瑞告诉她,"就那么断了。冰雪战士追到了他们。"

"冰雪战士?"维斯塔问。

"是的,树林里的那些怪物!"

"有红色眼睛的?"

"没错!"罗瑞说。

"噢,向导保佑我,它们也捉住了贝尔?"维斯塔问。

"很难说,"罗瑞说,"但当时情况看上去不妙。"

维斯塔看上去快要哭了。

"立即向我解释这里混乱的情形。"比尔·格荣坚持道,"维斯塔过来猛敲密室的门,胡乱说着什么透过窗户能看见另一个地方,还有那里的人!"

"你干了什么大逆不道的事?"温欧娜问罗瑞。

"拜托!"罗瑞怒不可遏,矛头指向了温欧娜和其他窃窃私语着的议会成员,"省省这个是邪恶的、那个有妖气的说法,好吗?好吗?那一点用也没有!我的妻子和我的朋友,还有她的姐姐……"罗瑞指向忧心忡忡的维斯塔,"还有另外那个小子,刚刚都被抓了。抓他们的,跟扰乱你们的世界并且试图消灭你们的，是同一帮家伙。他是被抓了……或者更糟。"

"你的朋友叫它们什么？"维斯塔悄声问。

"冰雪战士，"罗瑞说，"博士说它们叫冰雪战士。"

"可怎么会呢……"比尔·格荣的内心仍在挣扎，"一切是在这个议事厅里发生的吗？"

"那是一个技术链接。"罗瑞解释，"传输的全息影像。通信系统。你们对这些词语有任何的概念吗？"

"其中一些是我们从伊迈纽尔向导的教义之中学到过的。"强斯·普劳莱特紧张地说。

"确实。"温欧娜承认。

"就好像他们真的在这儿一样！"维斯塔断言。

"的确如此，当选者。"索尔·法罗说，"若非亲眼看见，我是不会相信的。像真的一样，就在这大厅里。他们同我们交谈，也能听见并且看见我们——就是阿拉贝尔和塞姆威尔，还有今天上午的陌生人，那个奇怪的家伙和红发的姑娘。"

"他们说了什么？"比尔·格荣问。

"我发誓，我并没能明白太多。"索尔说，"那个奇怪的家伙说得很快，还使用了我完全没有概念的一些词句。但我能看出来，那显然是至关重要的A类紧急问题。"

"我明白那是什么意思。"罗瑞说，"这些怪物叫作冰雪战士……"

"那些怪物有红色的眼睛?就像我俩在树林里见到过的?"维斯塔问。

"没错。"罗瑞说。

"要我说,它们真是面目狰狞。"维斯塔一边点头,一边诚恳地望着比尔和议会成员,"我从未见过如此凶狠的怪物,是的。我差点就没能逃过一劫。"

"冰雪战士对'此后'有它们自己的企图,"罗瑞说,"博士是那么解释的。它们自己也想要殖民这颗星球。"

"它们要侵略我们的世界?"杰克·达格特问。

"是的,"罗瑞给予肯定的答复,"它们打算清洗掉莫芬人。这个种植区……所有的种植区,它们要让这个世界变得更寒冷,以适应它们的需求。但那就意味着莫芬人将会消亡,因为环境将会冷到难以生存。"

"它们不能夺走我们的世界。"比尔·格荣惊恐地嘟哝着,"我们为了它,如此辛苦地劳作。那么多生命为此做出毕生的贡献,勤勤恳恳地塑造'此后'。它们不能夺走它。"

"当选者,冰雪战士进入了你们的稳定场。"罗瑞说,"它们破坏了那里的日常运转。它们……似乎逆转了稳定场最初建成时的初衷。"

"是它们让世界变得更冷?"强斯问,"用我们自己的稳定场?"

"那就是这里变成白色世界的原因，"比尔说，"那就是为什么严冬包围了我们。"

"没错。"罗瑞说。

"我们要制止它们。"比尔·格荣坚定地说。

"我同意。"罗瑞说。

"博士说我们应该怎么做？"比尔问他。

罗瑞耸耸肩，回答："他说你们的伊迈纽尔向导就有答案。"

"它当然有！"温欧娜说。

"博士说如果他能够请教向导并加以使用，他就能重置稳定场系统，消除冰雪战士所造成的破坏。"

"那要如何实现？"比尔·格荣问。

"他想要我去看看向导，"罗瑞说，"去接入向导。他想要我们在他再次与我们联系之前为他做好准备。你瞧，他说他打算找到另外的通信系统与我们通话。当然，那是在他被抓之前……不过别担心，博士很了不起。他不会让我们失望的。在他与我们再次取得联系之前，让我们帮他准备好向导吧。要是他不联系我们，那我们再想其他办法。"

比尔·格荣左思右想，然后勉勉强强点了点头。

"你打算让这个陌生人进入密室？"温欧娜难以置信地质问比尔，"你建议我们让他直接从伊迈纽尔向导那儿进行读取，然后展示给其他人？"

"这个人是一名当选看护！"维斯塔重申。

"我不在乎他是什么，"温欧娜回答，"这绝不允许。"

"假如我们的世界正遭受攻击，"比尔·格荣问，"我们的生活方式正受到威胁，而这是拯救我们的唯一办法，那你有什么资格说这样不行？"

"当选者，你是在相信谁？"温欧娜问，"向导怜悯，你是在轻信这些陌生人的话！我们只是听他们说有这些充满威胁的冰雪战士之类的怪物，但我们之中没有人见到过！"

"事实上，我见到过。"索尔·法罗说。

"索尔，一派胡言！"温欧娜说，"你都说不清自己看到了什么！"

"我也看到了，温欧娜·克劳帕。"维斯塔坚定地说。

"孩子，你被漆黑树林里的什么东西吓坏了。"温欧娜说，"向导仁慈，我请你们想想，我们并不知道自己面对的是什么。但我们知道有三个陌生人大老远地来到我们中间。一颗新星从天际划过，然后他们就出乎意料地出现了，声称自己是随寒冷冬夜而来的祝愿者。"

她冲着罗瑞怒目而视。

"或许他们才是真正的冰雪战士，"她说，"你们有没有这样想过？要是他们企图破坏我们的稳定场，使冬季永久降临，并将我们消灭,那染指伊迈纽尔向导就是他们的妖术诡计!你们都是怎么了,难道没看出来?"

"温欧娜说的对。"强斯·普劳莱特说,"如果这个人和他的那些朋友是我们的敌人,那我们不应该让他们接近向导的教义。否则,我们相当于把他们想要窥探的秘密直接交了出去,我们相当于亲手交给了他们毁掉我们的方法。"

每个人都盯着罗瑞看,就连维斯塔也不例外。

"噢,得了吧。"他说,"拜托,拜托。我看上去邪恶吗?我做不了坏事。我几乎做不出什么危险的事。现在是你们得要相信点什么的时候。我是站在你们一边的。"

"我相信他,"维斯塔·弗拉瑞什说,"由衷地相信。当选者,您怎么看?"

比尔·格荣低着头,斜睨着罗瑞,好像这样更容易看出某种答案或是永恒的真理。

大家都在等着他回答。

议事厅的正门突然被冲开了,带进一股冰冷的寒气。杰克·达格特的一个手下——艾波·利帕[1]——拖着镰刀,随着刺骨的寒风猛冲进来,看起来非常焦虑不安。

"当选者!当选者!"他大喊,"你必须现在马上过来!你

---

1. 利帕(Reeper)有"收割者"之意。

必须过来看看!"

"艾波,你为何如此忙乱?"比尔·格荣问。

"快点!当选者!"艾波答道,"快来看啊!"

他们全都跟着艾波来到室外白雪皑皑的广场。外面是噬骨般的寒冷,罗瑞吸了一口气,感觉就像一把冰刀刺进了他的肺。艾波·利帕大步流星地穿过市镇广场,朝着镇子后街和"卡耕地"周围的篱笆走去。他不断招手让他们跟上,不少其他莫芬人也从睡梦中惊醒,来到了外面。他们正朝同一个方向聚集,有些手里还拿着太阳灯。

一切惊人地明亮。暴风雪已经停止了,留下整个世界覆盖在厚厚的白雪之下,屋顶、树冠和墙头上仿佛挂满了柔软的羽绒,看上去就像装饰在圣诞蛋糕上最厚最甜的皇家糖霜[1]。

雪停了,天空变得异常清澈。头顶上像是有一块精心打磨后的漆黑玻璃,吸走了每一口呼吸带出的热量,拖出一抹抹淡淡的云彩。天空如此晴朗,以至于罗瑞觉得自己似乎能够看见天上的每一颗星星。星系的螺旋形图案填满了半边天空,那是数以万亿计的闪烁光点。月亮升起来了,巨大而明亮,一轮晃眼的银盘挂在低空,非常明亮。整块大地都沐浴在明亮的月光中,甚至几英里外的景致都能尽收眼前。光亮在积雪中不断反射,不断增强。

---

[1]. 英式蛋糕中常用的装饰材料,简称"糖霜",是翻糖的前一个状态。

有的星星正在移动。罗瑞至少能够发现三颗的踪迹，它们高悬在头顶，正列队而行。

第四颗正在往下降。

分秒之间，它越变越亮。下降过程很平稳，完全在控制之中，但却没有发出一点点声音。莫芬人停下脚步，抬头凝视着这颗头顶的星星，它一直向东方慢慢移动，直至悬在"将林"的上空。

它看上去就像月亮一样巨大和明亮，周身闪耀的光芒照亮了第二稳定场的山坡，让沉睡着的暗色山丘在夜空中脱颖而出。

罗瑞知道，那不是星星。要是眯起眼睛往亮光处看，你可以看到光线后隐约可辨的细节：体积巨大，造型流畅。

"有一颗星星从天幕上松脱，掉下来了。"维斯塔说。

"那是一艘太空船。"罗瑞说。

"旁处"几乎所有的莫芬人都站在雪地里，抬头望着挂在东边天际的巨大而明亮的怪影。

"那是什么声音？"比尔·格荣突然问。

大家侧耳倾听。

声音从"将林"方向的山谷传来。卡耕地、遥地和温室外的市场也传来类似的声响。那是一种刺耳暴力的声响，来自无比强大的对手的凶猛打击。他们能够听见武器劈开铠甲、震碎骨头的钝响。他们能够听见奋力搏斗时的低吼、暴怒中的呼喊、金属的撞击、撞上满是积雪的树木时的轰鸣与颤动。

他们无法看见,但显然林地里正进行着某种战斗,一场中世纪风格的浩大战斗,满是近距离的肉搏和短兵相接的激斗。

"谁在那儿?"比尔忧心忡忡地问,"是谁在搏斗?"

"一些我们的人?"杰克·达格特壮着胆子说,"巡逻队?守夜人?"

"听上去有数百人!"比尔惊呼。他转过身,他的脸在月光下更显苍白,面对着聚集起来的民众,"'旁处'的莫芬人,听我说。要是战斗往这边转移,我们就危险了。我们必须避退,保护自己。"

"当选者,面对一颗星星,我们该如何保护自己?"有人喊了出来。人群中有些孩子开始抽泣。

"看在向导的分儿上,按我说的去做。"比尔回答,"回到种植区里去。谷仓和粮仓是最坚不可摧的建筑。把孩子们带到那里去,保证他们的安全。索尔,安排守卫去保护牛棚和库房。杰克,召集一帮人手,在这里拉起一道防线,无论什么东西过来都加以阻拦。"

人们听从他的命令,开始行动起来,但很多人只是想在附近徘徊,凝望空中的星星。罗瑞穿过人群慢慢往回挪。他不再指望得到什么许可,也不打算继续说服别人。一切都将变得纷乱而忙碌。他准备直接返回密室,接入向导。博士就指望他了。

正当他要溜进灌木篱墙的阴影冒险逃跑时,更糟糕的事情发生了。

悬浮的飞船上射下几条长长的能量带,发出尖厉的、惊叫般的声响,撕裂着空气。光束袭击之处,大片流火从林间迸发出来。罗瑞呆若木鸡地看着一只只呼啸的火球映照出树木燃尽后漆黑的轮廓。爆炸的声音回响在耳边,是那种撼天动地般的怒吼。飞船正在用主力武器向地面目标开火。

极度的恐慌笼罩了这些莫芬人。他们或尖叫,或大喊,一些人干脆带着孩子开始四散奔逃。

有那么一会儿,罗瑞就眼睁睁地看着飞船用排炮轰炸着树林。人们从他身边跑过。他可以感受到远处震荡波产生的超高气压,一阵阵气流冲向他的脸。这艘飞船似乎想摧毁眼前的一切。

他做出了决定。

罗瑞不停地跑,直到抵达议事厅。里面空无一人。他能够听见种植区街道上的恐慌与骚乱。他能够听见轰炸导致的爆裂与轰鸣。每一次冲击都震撼着大地,建筑随之颤抖。

"你要去哪儿,罗瑞?你要去哪儿?"

他转身看见维斯塔在门口。

"我必须去帮助博士。"罗瑞说。

"发生了什么,罗瑞?"她上前问道,"这是世界末日吗?"

"我能帮上博士的话,就不是。"他回答。

"是冰雪战士吗?"她问,"它们要开始消灭我们了?"

"我想可能是的。"他说。

"它们是打算从天上用火焰将我们打得支离破碎吗?"她问,"向导怜悯,我还以为它们会先用尖牙利齿将我们撕碎!"

"但它们并没有尖牙利齿,不是么?"罗瑞问,"它们没有手,只有绿色的大钳子。"他模仿着冰雪战士的动作。

她朝他皱起眉头。

"什么绿色的大钳子?"她问。

"就像螯钳。"

"谁有?"

"冰雪战士啊!拜托,维斯塔,树林里那种大个儿的、绿色的、有鳞片的怪物,有红色双眼的?"

她盯着他,摸不着头脑。

"它有红色的双眼,完全没错,"她慢慢地说,"但我看见的怪物并不是绿色的或带有鳞片的。"

"哦,"罗瑞说着垂下了肩,"我想这么久以来,我们完全没有在说同一件事啊。"

生而为哺育这片土地的子民
生而为给予他们又一次生命

冰雪领主那刚才挥舞着斧头的副官——索德——将通信面板递给了它的主人,以撒奥迪亚观看着小小的显示屏。

"他是因为有一把斧子所以才叫索德的吗?"博士坐在高背椅上,手托着下巴,"我是说,要是索德有一把剑的话,就会显得很令人困惑[1],那就是为什么你会给他一把斧子么?"

以撒奥迪亚侧过头看着博士,说道:"作为一个即将被处决的哺乳动物,你真是异常地健谈。"

"噢,恰恰就是我快被处决了,所以我才会健谈!"博士激情昂扬地跳了起来。

他周围的冰雪战士稍微有些紧张,以为他要袭击它们的部族领袖。以撒奥迪亚轻描淡写地举起全副武装的手,让它们退下。

"反正你是打算要杀了我的,所以我并不觉得我说什么真的很重要。"博士说,"事实上,这是一种非常自由的感觉。我可

---

1. Ssord(索德)与sword(剑)读音相近。博士在这里是正话反说。

以当面侮辱你,对不对,蜥蜴嘴?这也没什么大不了。我是说,事情也不会更糟了。反正都是一死。"

"有比死亡更可怕的事。"冰雪领主说。

"真的?说说看。"

"耻辱。"

博士仰头大笑。"我就知道你会这么说,"他哈哈笑个不停,"我特别喜欢冰雪战士提起荣誉和耻辱,总是严肃深刻得要命。我的老伙计艾泽莱克斯督军永远抓住这一点不放,总是这样。我就只好翻白眼。你们冰雪战士在这个问题上真是自命不凡、太过夸张。"

"根本没有什么艾泽莱克斯督军。"以撒奥迪亚说。

"是啊,我真是不幸。"博士深表赞同,叹道,"是的,并没有,至少还要等上差不多九千年才会有。我现在才意识到,我把银河系迁徙纪元的时间搞错了。我不知道自己是在那之前还是之后,或者说你们是在那之前还是之后。总之是我时运不济,对我来说真是糟透了,因为现在,这个世界上或其他任何地方,都还没有一个冰雪战士可以为我的身份做担保。"他直勾勾地看着以撒奥迪亚,"但你会的,等我们完事儿之后。"他眨了眨眼,"我保证。你会学会尊重我,无论你是把我当作朋友还是对手。具体是哪一种,完全取决于你,坦索氏的以撒奥迪亚督军。"

"等我们完事儿的时候,"冰雪领主回答,"这个世界将成为一个冰封的港湾,而你将会变成一具无头尸体,在这座建筑中的某个令人作呕的肉缸里腐烂。不要妄想我会对你感兴趣,你吓不到我,寒冷蓝色星辰。"

"那我们多聊聊耻辱好了。"博士建议,"我是说,这是如此受你们欢迎的一个话题。你们如此认真地对待它,然而它对你们来说又那么可塑。"

"可塑?"以撒奥迪亚回应道。

"意思是很有弹性,或者说,很容易改变。"

"我知道那是什么意思。"

博士看着其他的冰雪战士。"荣誉是你们赖以生存的准则……除非它开始碍事。"他说。

索德举起了斧子。

"住手!"冰雪领主下令道。

"瞧见没?"博士说,"你的手下正打算要砍倒一个手无寸铁的俘虏,只是因为这个手无寸铁的俘虏恰好说了一些他不爱听的话。这是一个有尊严的战士应有的行为吗?"

"我们是有原则的。"以撒奥迪亚说,"同时我们也很务实。"

"是的,没错。"博士同意,"但也是时候平衡一下你们文化中的这两种倾向了吧?火星已经不复存在了,所以你们才开始寻找新的家园。"

"我们的家园,还有我们太阳系中的所有行星,因为太阳的生长膨胀而变得不宜居住。"

"这么说,来自地球的莫芬人可以说是同病相怜。"博士说,"不过他们是先来的。而且比起你们的世界,这个星球要更像他们的世界。"

"大体上也符合我们的需求。"冰雪领主说。

"这么说,你们打算霸占他们的星球,灭了他们?这样很体面吗?"

以撒奥迪亚吼了些什么,现出一丝怒气。"我们的基本需求是为我们的氏族建立起新的家园,那样我们就有可能重建我们的文明。"他说,"我们与人类流亡者没有什么特别的恩怨。我们对他们并无恶意,单纯只是资源竞争。"

"去说服他们吧,"博士说,"你正在杀死他们。"

"现在,"以撒奥迪亚回答,"这似乎变成了双向的行为。"他将通信面板的显示屏展示给博士看。

博士倾身向前,看懂显示屏上的数据所表达的含义后,他深深皱起了眉头。"你将一艘飞船部署在了低空悬浮位置。你们正在……向地面目标开火。以撒奥迪亚,你正在对开阔地带进行武力攻击!"

"我为什么会那么做呢?寒冷蓝色星辰?"

博士眨了眨眼,"我不……等等,那怎么可能?你正在进行战斗。你正在同有反击能力的一方进行战斗！"

"你情绪上的细微差别很有意思。"以撒奥迪亚说，"我不是哺乳动物细微表情方面的专家，但你的惊讶似乎非常真实。但我推测，那是因为你是经过训练的间谍，是善于渗透的探员。我给你最后一次机会，停止编造虚假情报。我答应给你一个快速且没有痛苦的了结。告诉我你飞船的位置。"

"我的飞船？"

"藏匿在哪里？你的船上还载有多少军事人员？"

"等等，"博士说，"等等，等等，等等，等等，等一下！"他开始踱步，感到困惑不安，"你说过你们一直在持续监视这个星球。自从十年前来到'此后'，你们就开始监测人类的人口数量？"

"是的。"

"用热感痕迹将他们逐一记录在案？"

"没错。"

"以撒奥迪亚领主，粗略来说，那个时候'此后'的人口是多少？"

以撒奥迪亚愣了一下，考量着提供这条信息的利弊。最后他回答："三个人类定居点的全部人口大约一万九千。"

这下轮到博士愣住了。他思绪飞转。"可就在最近，"他继续道，"斗争的性质发生了变化，迫使你们来到了明处？"

"是的。"

"你们发现了新来者,比如我和我的朋友们?"博士问。

"是的!"以撒奥迪亚咆哮道,开始变得很不耐烦。

"而你们可以通过热感痕迹来区分现存人口和新来的人?"

"热感痕迹不会说谎。"冰雪领主说。

博士叹了口气,"再忍受我一会儿,以撒奥迪亚领主。"他说,"我们马上就要交换一个非常关键的情报了。现在开始发生的所有事都将取决于这次情报交换。秉持自由坦率的精神,我先告诉你一些事。我和两个同伴,乘我的飞船来到这里。仅此而已。总共三个新来者。我们昨天到的。"

以撒奥迪亚慢慢转头看着索德,然后转回来继续看着博士。

"以撒奥迪亚领主。"博士说,"根据你们的扫描结果,在现存人类数量的基础上,出现了多少新的热感痕迹?"

冰雪领主在回复之前停顿良久。"一百五十。"他回答。

"在这下面!"艾米大叫。

她在前面带头,粗呢大衣在身后翻飞。塞姆威尔和阿拉贝尔跑着跟上。

"艾米,他们追上来了!"贝尔大喊。

艾米回头看。在身后三十五米处,两个冰雪战士出现在起重平台上,跟着三个人类走上了横跨巨大涡轮机室的船壳金属格栅桥。过去的五分钟里,艾米和她的同伴被追着跑过四个一模一样的巨大腔室。每一次,他们都会在不同层的平台或是桥面上出现。每一次他们都会冒出已经摆脱冰雪战士的念头,但这样的想法转瞬即逝。

冰雪战士每一次都会出现,不知疲倦地追赶他们。

他们正在穿越的廊桥位于特别高的位置,横跨一间非常大的腔室。在他们身下,另外几条走道在不同的高度纵横交错于腔室之上。这些桥下面,在洞穴底部,有一个大大的开口,看上去像是活火山口。火光在下面翻腾,那是一口烈焰的深井。他们能感受到热度从腔室向上升腾。硕大无比的热力排气口排布在高高的头顶上,如船帆一般张开,引导着热流的走向。

"我们不能永远跑下去!"塞姆威尔大叫。

"可我不是还在跑吗?"艾米喊道。

阿拉贝尔发出一声绝望的惊叫。"看!"她大喊。

艾米猛地刹住了脚。他们正在穿越一条长长的带护栏的走道,大约来到一半的位置。又有三个冰雪战士出现在走道的另一头。冰雪战士从两头向中间逼近。

他们被困在了桥的中央。无路可逃。

"我们该怎么办?"塞姆威尔问。

"我们要投降吗?"阿拉贝尔说。

"不!"艾米斩钉截铁地说,"他们不会留活口的。"她环顾四周,抬头向上看。她抓住了护栏,探出身子往下看。"我们跳下去。"她下定决心。

"你疯了吗?"塞姆威尔问。

"自杀的话,他们就不能捉住我们了?"阿拉贝尔问。

"不是!"艾米回答,"你把我当成什么人了?我不可能蠢到让自己去死!我们要跳到那上面去!"

她伸手一指。

他们身下最近的桥仅仅只有几米远。他们几乎就在两座桥的交汇点上。

"我们不可能做到的!"阿拉贝尔反对,"我们会跳偏的!"

"我们不会!"艾米回答。她开始往上爬,越过栏杆。

"太远了!"塞姆威尔惊呼。

艾米将脚跟踩在走道的边缘,抓住扶手抵在后腰上。她往下看。看上去确实太远了,远到了荒谬的程度。这就像是走钢丝的人指望从一根钢丝上跳下,落到另一根钢丝上。

"我们能做到!"她仍然坚持。

她望着两人。阿拉贝尔和塞姆威尔相互抓住对方不放,心惊胆战地盯着她。

"来吧!"艾米大叫,"冰雪战士就要追到我们了!"

贝尔和塞姆威尔四下张望。两人一组的冰雪战士正朝他们迅速逼近。另一边三人一组的还没有那么近,但也不差多远了。

"有什么更好的办法?"艾米大叫,"没有?那就快点!赶快!"

两个莫芬人害怕得不住地呻吟,在她身旁极不情愿地爬过了栏杆。

"太高了,我怕我会昏过去。"贝尔说。

"尽全力克服吧。"艾米说,"好的。好的。我先来。我来做给你们看。好的。"

两人紧贴在栏杆上,看着她。

"好的,我跳啦。"艾米说。她的双手似乎不想放开栏杆。从这儿跳下去真的是一段很远很远的距离。她是怎么想的呢?她肯定做不到。这太疯狂了。太疯狂了,真是口出狂言。就算她跳下去,即使没有错过廊桥,她也有可能摔折腿,或者脖子,或者其他什么她完全不愿伤到的地方。

"艾……艾米?"贝尔的声音在颤抖,"艾米,我们真要这么做吗?"

"是的。没错。等等。好的。好的,我……准备好了?我准备好了。好的。我们走。"艾米猛吞口水。"事实上,"她说,"我也觉得太远了一点。"

她转过头看着贝尔和塞姆威尔,恰好看见一个冰雪战士伸出一只巨大的绿色螯钳,要抓他们。

"杰罗尼莫[1]!"她大叫一声。

然后跳了下去。

"罗瑞?"维斯塔问,"罗瑞,你在干什么?"

罗瑞没有马上回答。他正在议事厅里到处转悠,挪挪长凳,敲敲木墙板。

"不是绿色的?"他问,"树林里?你看见的怪物?怪物?不是大个儿绿色的?"

"那是只怪物。"维斯塔说,"有利爪和红色双眼的大怪物,但完全不是你所描述的那种绿色怪物。"

罗瑞沿着墙板一路敲过去,认真倾听。

"可以说,"他说,"自打我来到这里,就一直没能跟上这里的事情发生的节奏。而现在,我真的是完全不明白到底发生了什么。我是说,我毫无头绪。有没有可能,我们正身处某场战争,而我们先前并不知情?"

"我不知道,罗瑞。"维斯塔说。外面的每一下闪光和爆炸都能吓得她跳起来,一次次地往窗外看。夜空被树林里燃烧着的火焰照耀成橘色。战斗的声音越来越近。

---

[1]. 杰罗尼莫(1829-1909),美国阿帕切印第安部落领袖,曾领导阿帕切印第安部落抗击美国移民者,成为印第安人不屈精神的象征。二战时,美军伞兵形成了跳伞前呼喊"杰罗尼莫"以鼓舞士气的传统。

"你在干什么?"她又问了一遍。

"我在找……"罗瑞开口道。他垂下双手,从刚才检验过的横梁往后退。他摇了摇头。"我不知道我在找什么。"他说,"博士把这间屋子变成了某种通信站,或者说接收器。我想可能……要是他可以从他那头启动,那我或许可以在这头做同样的操作。我猜,应该会有一些操控装置,隐藏在什么地方。也许因为莫芬人不知道那是用来干吗的,就将它们封了起来。我想我也许能找到它们。"

维斯塔耸耸肩,"那只有向导知道了。"她清了清嗓子,"罗瑞,"她说,"我觉得,我想去跟其他人一起躲在谷仓里。我想那儿才是最安全的地方。"

他看着她,"是的,有道理,"他说,"你应该那么做。你想让我带你过去吗?"

"不用,我能找到路。你会没事儿吗?"

"是的,我……"罗瑞的声音渐渐弱了下来。他目不转睛地盯着她看。然后他大笑,困惑地摇着头。

"怎么了?"她问道。

"我刚才说我正在找操控装置,而你说……"

"罗瑞,我不知道!"她说。

"你说,'那只有向导知道了'。"他苦笑,"我一直都没把问题想明白。我想把这个地方启动起来,那样的话,一旦我得到向导的手册,就有办法发送给博士。但我其实可以一石二鸟。你们的伊迈纽尔向导会告诉我如何操控这个通信站。这完全讲得通。"

他转身走向议事厅的后门,维斯塔拎起裙摆,跑着跟上他。

"你真的要进去吗?"她问,"进密室里面?"

"是的。"他回答。

"即使你并不是'旁处'议会的一员,而且你的进入请求已经被明确拒绝?"

罗瑞仍向前走,冲着大厅窗外袭击产生的闪光做了个手势。

"喂!"他说,"拜托你看看现在都是什么状况了。"

"可……"她刚要开口。

"维斯塔,现在我们面临的所有令人不安的问题,我认为答案就在那个房间里。博士也那么认为。所以我最好赶紧找出答案,不然结果真的不好看。"

罗瑞来到那两扇门前。钥匙的管理人——老者温欧娜——已经给它们上了挂锁。他开始手忙脚乱地一阵猛推,但显然大门材质坚固,又闩得很牢。

他用肩膀抵住,用力撞。

"哎哟,"他揉了揉肩膀,"这样行不通。我需要其他工具,一把斧子,或是铁棍。"

他从门边转过身,发现自己的鼻尖面对的,正是杰克·达格特的锄头用来刨地的一端。

"哇!"他不由得倒退一步。

"你正企图闯进密室里。"杰克举着农具,就像是拿着一杆上了刺刀的来复枪。

"我得进去,这真的很重要。"罗瑞说。

"杰克,这真的很重要!"维斯塔附和道。

"保证你进不去,这才是A类重要的。"杰克断然回答,"来看看我发现了什么!"他回头呼唤,"正如你所担心的。"

老者温欧娜穿过正门,在他身后进入大厅。她因为匆忙穿过雪地而有些喘不过气来。"我看见了。"她说。

"你派我直接上这儿来真是太明智了。"杰克说,丝毫没有放松他手中的锄头。

"维斯塔·弗拉瑞什,你让我很吃惊。"老者温欧娜说着,蹒跚着走向他们,"你背叛了我们为之努力的一切。"

"温欧娜·克劳帕,给他钥匙,让他进去。"维斯塔坚定地说,"你难道不明白,他是自己人?"

"毫无根据。"老者温欧娜回答。

"你难道看不见外面正在发生什么吗?"维斯塔问,"从天而降的火焰!坠落的星星!世界末日!我们未曾想到过的灭顶之灾!你就这么眼看着它发生,而不试着去阻止?"

"它正在被制止,"老妇人说,"一切全在向导掌控之中。

就是这么回事。好了,杰克,带上他们。我们带他俩一起去谷仓。"

"我哪儿也不会去的!"罗瑞大喊。

"真的吗?"杰克问。

罗瑞同意退让了,"你拿着这么个大锄头来说话,我不去也得去啊。"

杰克和老妇押着两人走出议事厅。寒冷清澈的夜晚被火焰映成了橘色。飞船仍悬在空中,不断地向山间的地面目标发起无情的攻击。他们能够闻见树木燃烧的气味。

市镇广场上的雪早已被肆意践踏。冲天的火焰在破碎的积雪上投下一道道长长的扭曲的阴影。战斗的声音更近了。城镇外围温室一带的一些附属建筑似乎已经着了火。

"赶快,带他们去谷仓。"温欧娜说。

"我想你们过于信赖农业储藏设施的保护性能。"罗瑞说。

维斯塔尖叫起来。

两个冰雪战士出现在市镇广场的另一端,双双挥舞长剑。它们丝毫不理会议事厅外的四个人类,大步流星地穿过广场,仿佛正在追逐对面巷子里一个看不见的对手。它们消失在粮仓后面。

"噢,向导啊!"维斯塔说,"就是那些怪物?"

"冰雪战士。"罗瑞说。他能在莫芬人脸上看出恐惧。在目睹身如巨塔的外星人后,就连温欧娜的坚定信念也受到了考验。

"你们打算开始相信我了吗?"罗瑞问。

温欧娜没有回答。粮仓方向突然传来一阵可怕的击打声。那是一种身体猛地砸到木质墙板,木材碎裂,铠甲被破坏的声音。

"带他们去里面,杰克。"温欧娜说,"赶快。"

在他们转身之前,有什么东西出现在粮仓屋顶。它像一只大猫一般,跳上了屋顶。它匍匐着在屋顶厚厚的积雪里潜行,然后一跃而下,落在广场上,直接往他们的方向大步飞奔而来。

它的双眼在火光中闪烁着血红。

罗瑞、维斯塔、温欧娜和杰克纷纷后退,直到他们触摸到身后议事厅的大门。

"噢,向导啊!噢,向导啊!"维斯塔心惊胆战,念叨个不停,"就是它。这就是我在树林里看到的东西。就是它!"

艾米双脚着地,降落在廊桥走道的正中。她让整个金属结构震颤着发出响亮的哐啷声。她慢慢睁开双眼,等待着某种感觉的出现,比如剧烈的疼痛,可以让她知道自己是否摔坏了什么重要部位。

她似乎毫发无伤。

"噢,天啊,成功了。"她惊叹道。

又一下剧烈的声响震颤着桥面,让她差点站不稳。塞姆威尔落在她的身边。他做得没有艾米那样干净利落,着陆的时候重心不稳,几乎从走道护栏最下方的空当滚出去。艾米惊呼着抓住了他,把他往回拖。

"别掉下去!别掉下去!别掉下去!"她大叫。

"我安全了?我着陆了?"塞姆威尔问道,显然对整个过程都还稀里糊涂。

艾米抬头恰好望见贝尔朝他们落下来。下坠的时候,她的长裙子翻滚着,就像是一顶降落伞伞盖。

阿拉贝尔偏离了走道的位置。她跳得太近了。

艾米惊恐地大喊出来。与此同时,贝尔从护栏外侧弹开,向后翻倒,往火热的深渊跌去。

她猛地一顿,停止了下坠。她的裙子缠在了栏杆上。贝尔被她厚重的冬裙倒挂在廊桥的一侧,双臂乱挥。

"抓住她!拉她上来!"艾米大喊。她和塞姆威尔冲向栏杆,探出身子,俩人不约而同地伸出双手去够,试图抓住阿拉贝尔倒挂着的身子。

大家能听见那悠长缓慢、非常不祥的衣裙撕裂声。

"阿拉贝尔·弗拉瑞什!"塞姆威尔大叫,"你要是敢掉下去摔死,我就杀了你!"

"抓住我的手!"艾米尖叫道,"贝尔,抓住我的手!"

阿拉贝尔的裙子扯烂了。短暂的悬停结束了,她从护栏上掉了下去。

艾米和塞姆威尔承接住她全身重量的那一瞬,两人双双都闷哼了一下,竭尽全力拉住。塞姆威尔的双手牢牢箍住贝尔的右手,艾米的一只手紧抓住贝尔的左手,而阿拉贝尔头上脚下悬在空中。

可是塞姆威尔和艾米向外探出太多,贝尔有将两人拖出栏杆的危险。

"拉她上来!"艾米大吼。

"我……不行!"塞姆威尔憋足了一口气。

"快把她拉上来!马上!否则我们都会掉下去!"艾米憋足了劲儿,对他说,"数到三!一……二……三!"

他们一齐往上拽。

贝尔噌地被拉了上来,三个人全都向后跌进了护栏里,狼狈不堪地在走道上挤作一堆。

"我再也不要那么做了。"贝尔说。

艾米站了起来。没能得手的冰雪战士站在上方的廊桥上,往下瞪着他们。

"赶紧!"她催促着两个年轻的莫芬人,"站起来,赶紧走!"

塞姆威尔帮贝尔站起来,两人一起跟着艾米,沿着桥面走向出口舱门。金属走道在他们脚下哐啷作响。

突然间,廊桥就像是被落锤击中了一般,剧烈的震颤颤得三人跌倒在地。

艾米回头一看——

一个蹲踞在他们身后的冰雪战士缓缓地站起身。它是从上方的走道跳下来的，落在跟他们的着陆点差不多的位置上。

绿色巨怪显得出乎意料地敏捷，让人觉得非常可怕。

它站直了身体，举起右手，伸到左边肩膀去握剑柄。长剑斜挎在它宽阔的后背上。它抽出剑举起来，又开始追向他们。

"你知道我一直说的是什么吗？"艾米大叫。

"什么？你是说'跑'？"贝尔问。

"是的，"艾米说，"大家能不能从现在开始给我省点时间，不要让我再费唇舌？"

第二个冰雪战士像一块巨石一样从上方的廊桥砸下来。它落在前一个的身后，错过了主平台，但像阿拉贝尔一样撞到了护栏上。它的螯钳紧紧卡住护栏，以防自己坠入深渊。金属护栏在这股冲击力之下开始扭曲变形。

它慢慢地笨拙地翻过被撞弯了的护栏，来到桥面。它解开了系在背后的战斧，然后动身跟上前一个战士的步伐。

艾米离舱门的安全锁很近了。她伸出手，那样她一旦到达，就可以触碰到掌纹读取器的面板，打开舱门。要是他们能够穿过门，再关上舱门，冰雪战士就不得不停下来，再把门钻开，那就能给他们多争取一些时间。

舱门开始打开。她都还没有触碰到面板,另一头就有什么东西开启了门锁系统。

艾米刹住了脚,塞姆威尔和贝尔从后面撞向了她。艾米能想到的,就只有冰雪战士或许学会了开锁。

有什么东西穿过了舱门,来到廊桥上,正对着他们。

那不是冰雪战士。

他们三个还是尖叫了起来。

"你知道我打算干什么吗?"博士问以撒奥迪亚,"我真不敢相信自己会这么说话,不过,你知道我打算干什么吗?"

"什么?"冰雪领主问。

"我打算帮助你。"博士回答。

"帮助我?"

"帮助你们所有人。形势恶化到这种程度,是我们俩都完全没有预料到的。"

"我不相信你是值得信任的。"以撒奥迪亚回答。

博士摇了摇头,从冰雪领主手里夺过通信面板。索德和另外两个冰雪战士作势要制止他,但博士就那么躲闪回避了一下,就好像根本没有把它们放在心上。他正忙着查看面板上的数据。

"你们正遭受重创,以撒奥迪亚。"博士看着数据,"你们缓慢的冷战变成了快速的'热战'。这完全不是你们所期待的样子,是不是?"

他望着冰雪领主。

"是不是?"他重复道,"我并不是说你没有准备好作战。上帝啊,你们是冰雪战士,但这并不是十年前你们开始夺取行动时所期待的结果,是不是?"

"没错。"冰雪领主说。

"事态扩大化了。"博士说,"你也被承认了。我可以帮你,但前提是你要赶快开始同我合作。我是说,要非常快。我们甚至都不必完全信任对方,但如果我们不控制住局面,就会有极其严重的伤亡。莫芬人和冰雪战士都会遭遇毫无必要的伤亡,可能发展到双方为开辟殖民地所付出的努力都化为乌有的地步,那么这颗星球就白白浪费了。来吧!坦索氏的以撒奥迪亚领主!要明智啊!"

冰雪领主等了很久才给出答复。

"采取什么形式合作?"他问。

他身后的冰雪战士转动着笨重的大脑袋,相互对望了一眼。

博士咧开嘴笑了。

"就是这种精神,以斯[1]!就是这种精神!你开始解冻[2]了,请原谅我一语双关!这可以是一段美好友谊的开始啊,以斯!我

---
1. 以撒奥迪亚的昵称。
2. 英文"thaw"既有融解、解冻之意,又有通融、缓和之意。

可以叫你'以斯'吗?"

"肯定不行。"

"那我们再琢磨琢磨。首先,我们必须找到另一个远程呈现通信中心。"博士比画着他们所处的房间,"索德给力的斧头功夫把这个装置开膛破肚了,"他说,"我可以修好它,但老实说,我们没那么多时间来处理这个问题。肯定还有另外的通信设施。你们在这个错综复杂的建筑里混迹这么多年,破开过那么多门,你们到现在为止肯定发现过一两处类似的地方吧?最好能有比这个更大的控制室。这里不过是一个次级通信站。你知道哪里有主指挥控制室吗?"

以撒奥迪亚领主看着索德。

"六层。"冰雪战士嘶声道。

"我们走!"博士喊道,"索德,带路。以撒奥迪亚领主,我们边走边谈。"

索德带路,走出了房间。其他的冰雪战士列队围绕在博士和以撒奥迪亚领主周围,俨然一支护卫队。

"走得越快越好!"博士催促道,看了看以撒奥迪亚。"我需要知道你们的作战细节。"他说,"这很关键。根据另外几次经验,我知道你们会对目标星球发起环境改造。你们显然非常精于此道。"

"当我们的迁徙舰队进入这一星区,我们发现这颗星球似乎是最适合进行调节的改造对象。"冰雪领主答道,"远程观察的结果确认它符合我们殖民化的大部分标准。于是我们决定进入轨道,开始着手进行气候改造,然后在我们飞船里进入休眠,等待进程完结。"

"你们打算用种子技术来引起气候转变?"博士问。

"你熟悉这个技术?"以撒奥迪亚有些惊讶。

"事实上,我不止一次亲手阻止采用这种技术。"博士说,"当然,那种技术非常高效。只要让二氧化碳水平不稳定,往往就可以导致M级星球[1]进入全球化冰川期。"

他们离开了幽暗阴沉的隧道,沿着洞穴边缘一条螺旋向下的带护栏的宽阔走道继续走。

"当我们进入轨道,"冰雪领主说,"立刻意识到有一队人类迁徙者早已在这颗候选星球上落脚。他们在这里已经有一段时间了,尽管规模相对较小,但已经构建出有着显著规模和效用的环境改造系统。这个进程已经进行了数个世代,开始引起了一些转变。"

"于是你就想,'何必麻烦部署我们自己的环境改造系统?为什么不直接对一个早已经存在的系统稍加改动,加以利用?'"

---

[1]. M级星球,即类地行星,是以硅酸盐石作为主要成分的行星。M级行星的概念最初来源于《星际迷航》。

"这被认为是最为可行的方案。"

博士遗憾地摇摇头,"这就是你我不得不意见相左的地方了,以撒奥迪亚领主。这真是相当阴险的一招。你决定从这些定居者手里窃取一颗星球。你让他们的环境改造系统为你拼命工作,而本质上,你是把他们抛入了长达一到两个世代、漫长而痛苦的灭绝中。你签发了他们的死亡令,以撒奥迪亚领主,不过,你是让冰雪来替你下这个杀手。你没有亲自扣动扳机,没有给予对手足够的尊重。真是卑鄙啊,以撒奥迪亚领主。卑鄙。"

"我不明白你的用词。"冰雪领主回复道。

"这事情做得不太体面吧,是不是?"博士回答,"我说的就是这个意思。你这是行星级别的盗窃行为。"

"这同样也不是人类的星球。他们选择了它,占有了它。我们做了几乎一样的事情。"

"但他们是先来的,以撒奥迪亚。我知道,这有些像学校操场上你一言我一语的争执,可你猜怎么着?大部分道德体系都建立在非常简单、非常基本的概念上,例如所有权,或是尊重,或是先到先得,或者优先权之类。人类先到这里,以撒奥迪亚。你认为他们碍了你的事,于是决定窃取他们的技术来根除他们。别跟我提什么荣誉。"

"我们只是为了生存。"以撒奥迪亚提出异议。

"啊,是的,冰雪战士出了名的实用主义。你们并不是故意要伤害什么人,只是迫于生存做此抉择。以撒奥迪亚领主,蓄意且系统性地根除一整个族群被称作种族清洗,这也被认为不是那么特别光荣的事。至少出好人的地方是这么认为的。"

"我们必须生存!这是一个适宜生存的星球……"

"你有一整支舰队的飞船,冰雪领主。你可以去其他任何地方。但人类没有那样的选择余地。"

以撒奥迪亚没有回答。之后的几分钟里,随着队伍继续向前,走入一条长长的金属走道,仅有的声响只剩下嗒嗒的脚步声和星球改造引擎的轰鸣。

"总之,"博士终于开口,"我们就别老是停留在你那个'根本就不光彩'的决策过程上了。你们开始对环境改造设备动手脚,那是十年之前的事。你知道,环境改造是一个很花时间的循序渐进的过程,但你们不缺时间,不是吗?你们的飞船上有休眠系统。你们的自然生命周期是那些人类的三到四倍。你们耗得起。你知道,那些莫芬人会经常谈论耐性,这是他们文化中的根本品质,但他们的耐性不是你们那种轻而易举的、长长睡一觉就能获得的耐性,他们需要每天工作与生活,一代又一代,以实现造福后代的理想。这份无私真是伟大,你不觉得么?"

"这……值得钦佩。"

"没错,是不是?"博士说,"他们就那样为了未来而努力。他们做出贡献,但他们没有回报。他们只是为了一些他们永远不会见到的人,为了那些人的福祉投入自己毕生的精力。"

他们来到另一个涡轮大厅,索德将他们带上一条通向上层的宽阔金属楼梯。

"你所做的修改是什么?"博士说,"你先运用了种子技术,是吗?"

"主环境改造系统引入了经过改良的种子培养技术。初步结果是积极可行的。"

"但你们终究还是遇到了转折点,"博士说,"最终,随着冬季开始越来越冷,调节环境改造系统的自动监测系统注意到了问题的存在,进行了自我诊断评估,在系统中识别出外来物质。系统需要解决这一问题,因此访问了DNA库,重新开启了生物储备,培育出一批全新的变异鼠来清洗系统。"

"鼠害是我们最初的问题。"以撒奥迪亚承认。

"变异鼠是个顽疾。"博士说,"你杀掉越多,系统制造得越多。这已经近乎一场战争。一场游击战,秘密地在山里进行,在莫芬人看不见的地方。"

"我们追捕变异鼠,大约花了一年时间才将鼠患控制住。"

"你们使用了常规的声波爆破枪,并且被迫毁掉了一些DNA库和生物合成场,这样一来,环境改造系统就无法制造出那么多变异鼠?"

"是的。"

"那还远远不够，对吗？"博士问，"就像我说的，它们是顽疾。最终，你想必也意识到了，你们无法打败变异鼠。你们必须找到别的方案，而变异鼠不会阻碍你们实施这个新方案？"

"我们被迫选择了替代方案。"以撒奥迪亚回答，"原来的进程被鼠害破坏了。种子技术不再可行，因为变异鼠直接将种子吃掉了。"

"于是你们开始改造环境改造系统本身？重新校正他们的系统？"

"是的。"

"那个时候，事态才真正升级了，是不是？"博士问。

"在这里！"索德突然说。

博士跟着冰雪战士穿过一扇巨大的舱门，同时注意到掌纹读取器被钻穿了。

他们进入一间光线充足的庞大控制室，里面陈列着好几组控制台，就像远程呈现室里所看到的那样，每组都设有一排高背椅。腔室本身可以透过一面硕大的玻璃墙俯瞰一间次级序列生命反应池。博士停下来欣赏眼前高大的铬黄色的树。云层系统产生的蒙蒙细雨，从天花板上纷纷落下，宛若夏日的微雨，打在玻璃墙上。

"不错，"博士点头道，"这地方很不错。一个中央节点。我恐怕找不到这个地方，特别是你们这帮家伙还在追我。"

"接下去怎么办?"以撒奥迪亚问,"如果你诓骗我们将这个设施的位置暴露给你,我会亲手杀了你。"

"意料之中。"博士回答。他在一个工作站前坐下,开始摆弄控制台,打开一组组功能指示器,微小的全息读数浮现出来。

"你瞧,以撒奥迪亚,"他边做边说,"我认为事情是这样的:你们篡改了环境改造系统,系统发现了,制造出变异鼠来解决问题,于是你们开始用另一种方式进行干预,也被系统发现了,它没有太多其他的选择,因此不得不做一些相当激进的事。"

博士转身看着冰雪领主。

"它造出了别的什么东西,以撒奥迪亚。"他说,"那东西更大,更凶险。它用生物合成场里剩下的东西,制造了别的东西。"

"比如什么,寒冷蓝色星辰?"以撒奥迪亚问。

博士耸耸肩。

"比变异鼠更高级的产物。我猜是某种变异人类。那就是你们现在的作战对象。"

如今肉身显现

怪物缓缓进入廊桥，喉间发出的声音像是犬类的低吠，又有些猫科动物咕噜咕噜的喉音。金属爪子每下一步，都在格栅走道上发出当当的声音。

艾米、贝尔和塞姆威尔后退着远离它，几乎忘了身后还有一对冰雪战士向他们逼近。

那是个可怕的怪物。几乎是一个人形，一个巨大精瘦的、肌肉发达的人形。它就像变异鼠一样，经过了高度的生物工程改造。它的手脚中都自控植入体，可伸出巨大的钢爪。艾米看见怪物手部骨骼融入金属外壳，实在叫人作呕。富有弹性的装甲缆线像外部动脉血管一样牢牢缠在皮肤上，疤痕累累的粉嫩血肉上覆盖着层层褶皱，仿佛刚做过植皮手术，遍布插槽和外科手术用的管栓。它移动起来像一只巨大的猫科动物，四肢着地，这令人担忧地表明，它的人类DNA里多少植入了一些大型食肉动物，比如金钱豹或是黑豹的基因，改变了它的脊柱、髋部和腿部，使它能以四足形态更灵活自由地活动。它散发出血肉和病变组织的味道。若是站立起来，它能轻易比肩冰雪战士的魁梧身姿，大约有三米高。

它有着用镀铬金属物增强的人类颅骨，就像是一辆普通车改装成了赛车。它下颚巨大，下巴尖锐而突出，包裹着一副闪闪发亮的尖牙。这些牙齿的尺寸是普通人类牙齿的两倍，全都覆着精钢，犹如精密的医疗器械。它一咧嘴，满嘴都是解剖刀。它无唇，无颊，两排牙齿形成了永恒的笑面。头顶覆盖着导线、电缆和管路，如同一头杂乱的浓密长鬃毛。

它的双眼闪烁着红光。

它跳了起来。

艾米、贝尔和塞姆威尔本能地弯腰躲开。不过那东西直接跃过他们，在空中留下低沉的咆哮，扑向了冰雪战士。

艾米转头去瞧究竟发生了什么，身子仍然瑟缩着。红眼的怪兽同时与两个冰雪战士展开了较量，前肢一副闪闪发光的钢爪拉出一道弧线，将一个冰雪战士的鳞状胸甲撕出一道深深的裂口，逼得他向后退去。冰雪战士痛苦地嘶叫起来。它的同伴双钳持着华丽的阔剑，旋身挥舞上去。第一下没有击中。红眼的怪物出奇地敏捷迅速。它不知怎么又躲过了冰雪战士的下一击，并在它身后转身立起，将两只前爪扎入火星人的后背。绿色的战甲碎裂了。鳞片像空中的耀眼群星，四散飞溅。红眼怪物将巨爪向前猛刺，捅进被袭冰雪战士的后颈，艾米见状本能地瑟缩了一下。

另一个战士重新站了起来。正当那红眼怪物野蛮对待战友的脖子时，它挥动斧子，不偏不倚，击中了怪物的右肩。看上去病态丑陋的血液从伤口喷出，巨大的冲击将红眼怪物从它的猎物身上撞脱，越过栏杆，掉了下去。

但并没有落得很远。

凭借着非凡的身体技巧，它钩住了走道底下的支撑结构，在桥下摆动着身体，一个筋斗，腾空而起，翻回到桥的另一侧，落在执斧冰雪战士身后，将它打翻，面朝下倒在已然残损的护栏上。它们纠缠在一起，凶狠地对打，都想摆脱对方的钳制。红眼怪物率先挣脱，后退，将所有超人的力量汇聚在爪上，划过冰雪战士的脸，撕碎了它的面颊。

身受重伤的冰雪战士蹒跚地后退了几步，像漏气的轮胎一样发出嘶嘶声，瘫倒在断裂的护栏上，然后跌入下面的烈焰深渊。

另一个冰雪战士的血不断从锯齿状的伤口和破碎的鳞甲流出，它冲着红眼怪物挥出了剑。怪物避开了最初的两剑，转身冲向冰雪战士，机控手抓住了锋利的刀刃。它从冰雪战士的螯钳中拔出了剑，扔向一边，接着袭向冰雪战士的咽喉。冰雪战士抓住怪物，用它强有力的螯钳攫住了对手的脖子和肩膀。双方纠缠在一起，野蛮地扭打起来。

此时，冰雪战士很清楚自己因为流血而逐渐衰弱，知道自己正在对抗一个更强大、更迅捷、本质上更占优势的对手，很清楚自己事实上已被击垮,它采取了所有热血战士都会采取的最后措施:它牢牢抓住忙着将自己置于死地的红眼怪物,以至于后者无法挣脱,然后身子一倾,翻下了走道。它带着这个红眼行刑人一起拥抱了死亡。

它们落入深处的火焰之中,消失不见了。

艾米哆嗦着,转头看着两个年轻的莫芬人。

"我们离开这儿,"她说,"趁别的什么更加疯狂的事情发生之前。"

但那已经太迟了。那些红眼怪物,还有更多。

它们悄声无息地穿过舱门,来到桥面上,向这三个手无寸铁的人类步步逼近。

罗瑞、维斯塔、温欧娜和杰克·达格特退回议事厅,努力不轻举妄动。杰克仍然握着锄头,但看上去他并不会真的挥舞的样子。

维斯塔在树林里看到的那个红眼怪物跟着他们潜进来。它打量他们,四肢着地,像豹子一般慢慢穿过雪地,霜雪闪耀在由管线纠结而成的鬃毛上,脸上始终挂着并非发自本心的钢铁微笑。

它进入镶着木壁板的大厅,四处查看,仿佛察觉了什么熟悉的东西,猩红的目光又回到了四个惊恐的人类身上,紧盯着他们。接着,它重心移到后腿,像人一样直立起来,这一姿态的调整愈发让人焦虑不安。

"噢,救命。"温欧娜低声说,"向导造出了什么?"

"向导。"那怪物响应道。那是一种可怕的、黏糊糊的声音,仿佛带着痰音的吠叫。可怕的牙齿使它丧失了正常的语言能力,但它能从一个小小的机控声音植入体中发出低沉的言语。现在它立了起来,露出了喉咙上的植入体。

它真是高得令人惊惧不已。

"向导……"它重复道,"我……被指派来保障维护……向导系统。"

"向导?"温欧娜问。

"向导系统……绝对不能……落到敌人手里,侦测到入侵者……侦测到篡改……正在进行清洗。"

它举起一只多节粗糙的半金属拳头,擦去骇人牙齿上的斑斑血迹。

"我……被指派来保障维护……向导系统。它在……这里。"

"你是什么?"罗瑞问。

"一百五十个变异人中的六十八号……由于此次A类紧急事件而被唤醒并改装……"

"被唤醒?"罗瑞问。

"从……低温储存库里。"它回答,"靠边站……我……被指派来保障维护……向导系统。"

他们拿不定主意。

"我已……被许可诛杀……任何阻碍我完成任务的东西。"它说。

他们给它让了道。它恢复了四肢着地的状态,从他们身边悄声无息地经过。

"我从未要求过这个!"温欧娜说,"我只是求助!我从没料到有任何病人会被唤醒!"

罗瑞眼神锐利地看着她,"等等,你也说了'唤醒'!你知道些什么?"

"仅仅是我必须知道的!"温欧娜厉声说,"通过每个世代的最后一人代代相传的秘密。我必须在自己岁月将尽之时,把这个秘密传给格荣当选者。"

"我想你应该分享给在场的各位。"罗瑞说,"因为你的岁月现在随时可能到头。"

"不行!"温欧娜说。

"这是什么?"维斯塔问,"温欧娜·克劳帕,这是什么?"

"温欧娜?"杰克敦促道。

"我会保守向导的秘密,这由不得我。"温欧娜的声音低下去了,"为了所有莫芬人好,我会将秘密保守到最后。"

"现在这种情况下,我不觉得这样做有多好。"罗瑞说。

"告诉我们这怪物是什么,还有它想要等什么!"维斯塔催促道。

"安静!"红眼怪物回到他们面前,重新站立起来,"否则我会……让你们安静。"

"我想那可完全算不上是友好,"博士说,"尤其是当你们理应属于同一阵营的时候。"

议事厅的光线水平发生了变化。全息远程呈现场闪烁起来,仿佛镶嵌在木质地板上的金属环形图案中升起的迷雾。博士便在其中,面对着一座白色控制台,坐在一把高背椅里。他站了起来,走过去面对着那个怪物。

"抱歉我没能早点到这儿。我一直在尝试校准。"他说,"没有可靠向导的时候,想校准非常难啊。"他朝罗瑞眨了眨眼,"罗瑞,一切都好吗?"他问道。

"噢,你知道的,博士。"罗瑞耸了耸肩,"除了冰雪战士、到处扫射的宇宙飞船,还有那边的怪物,一切都好极了。"

博士点点头,回头看"那边的怪物"。它温和地吠了一声。

"兖异人,"他说,"高级军用型号。如果环境改造场受到威胁的话,它是紧急应对方案的一部分,是最后的措施。种植区没有什么实实在在的武器,没有枪炮什么的。如果真的需要,这就是系统制造出来的武器。"

"如果莫芬人受到威胁的话——"温欧娜说道。

博士摇了摇头，"抱歉，你们其实无足轻重。你们只是……帮手。从长远看，你们是消耗品。"

"温欧娜说她有个秘密。"罗瑞说。

"我确信她是有的。她是她那一代的最后一人。这是一份黑暗而隐晦的遗赠。这个秘密要是被莫芬人知道的话，生活对他们来说将变得难以承受。这个秘密会让你……呃……生怕外人接触伊迈纽尔向导。但你最终还是不得不将秘密传递下去。你打算告诉谁呢，温欧娜？比尔·格荣吗？"

"管好你自己的事儿，你这个邪恶的……"

"听我说，温欧娜·克劳帕。"博士说，"我已经想明白了。我花了点时间，因为我没有向导来给我指出捷径，但我想明白了。"

他踱回控制台。

"莫芬人并不重要，"他遗憾地说，"他们并不是在为后代建造'此后'。他们是在为他们的祖先建造。大约有一千个人类在这儿的山里沉睡，处于休眠状态。"

"什么？"维斯塔问。

"经年累月下来，这件事都被忘记了。"博士说，"耐性对你们莫芬人来说是如此重要的美德。'那些有耐性的人将供养整个种植区。'好吧，但是'有耐性的人'就在这里——病人们[1],躺在稳定场底下依次排开的休眠胶囊里。我相当肯定他们就代表着往时地球的精英。他们是最有权有势的人,是那些深信他们理当活下去的人,是相信自己如此特别以至于会有一个全新的世界等着他们的人。"

他望着变异人的绰绰暗影。

"事实上,他们并未做好准备去为建设新世界而辛苦劳作耗尽一生。他们只是期望着利用可被牺牲的平凡劳力来为他们完成简单的工作。"

"可……向导不是那么解释的!"温欧娜大喊。

"我确信向导的描述要巧妙得多。"博士说,"不过本质就是如此。而只有眼下爆发的这场危机,只有新来的殖民竞争者,也就是冰雪战士的干扰,才足够严重,让系统唤醒了部分变异人。这是A类危机。只有这种程度的危机才能将他们唤醒,武装起来加入战斗。"

他注视着变异人。

"你是个可怕的怪物,"他说,"我本来觉得冰雪战士就已经十分危险了,但你们更危险。以冰雪战士的体型,保持代谢需要消耗相当大的能量,是不是?而你本质上是食肉动物。我本以为是那群变异鼠逃出来杀死了那些家畜,但其实是你们干的,是

---

[1]. "patient"在英语中有"病人"之意,也有"有耐性的"之意。

不是?你们就是第一批被唤醒并释放出来的变异人?就是他们屠杀了家畜?"

"有……能量需求。"它低吼道。

"因为冰雪战士在捕杀变异鼠期间,破坏了大部分用来给你们供应食物的生物合成场,"博士回应道,"你和你的族类需要大量的高卡路里摄入才能保持身体机能。"

变异人走回全息场的亮光之中,面对博士。

"你……没有权限,"它说,"系统……并未识别出你。危机……已几近解决。外星敌人……已基本溃败。平衡即将……恢复。"

"好的,好的。"博士说,"但你为什么不告诉这些纯良的莫芬人,当你们最后被永远唤醒后,会发生什么呢?就连温欧娜也不知道,是不是?告诉他们。过了一些年,一到两个世代之后,当环境改造最终完成,'此后'彻底像地球一样,'病人们'最终醒来的时候,会发生什么?"

"这就是……计划,"变异人说,"殖民计划。"

博士望着维斯塔和杰克,还有温欧娜,"清教徒先祖[1]远渡重洋来到新世界的时候,随行带着家畜。你们就是家畜。你们替他们承担了所有的繁重劳作。而一旦他们在伊甸园中醒来,你猜

---

1. 特指1620年间,乘坐"五月花号"到达北美洲,创立普里茅斯殖民地的一批英国清教徒。

怎么着？他们将会非常饿。非常，非常饿。"

"不！"温欧娜大喊。

"肉不过就是肉，"博士说，"是不是这样，变异人先生？"

"生存需要……务实。"它低吼道。

"噢，今天每个人都这么说！"博士苦笑。

变异人发起攻击，爪子划过了博士的全息影像。

"淡定，淡定。"博士呵斥道，"你碰不到我。我并不真的在这儿。"

"你说了……太多……太久。"变异人说着，喉间发出一记古怪的、似笑非笑的声音，"你的位置已被追踪并确定。第二环境改造场，六层，作业管理指挥室C。"

在闪着微光的指挥室里，博士从控制台前转过身，毫不理会他周围出现的全息身影。从眼前的巨大玻璃观察窗的倒影中，他发现了什么。

在他身后，三个变异人杀手四肢着地，悄无声息地从舱门口向他走来，脸上挂着永恒的微笑。第四个跟在后头，直立着行走，在它身前押着三个担惊受怕的俘虏。

艾米、塞姆威尔和贝尔。

"你必须停止……干涉。"它放了狠话。

"啊……"博士说。

"别那么做!"艾米说,尽最大努力让自己显得勇敢。

"庞德,要是我不那么做,它会杀了你的。"博士难过地回答她。

"迟早……都要杀光你们。"它低吼道。

指引我们进入你的完美圣光中

"噢,好吧。"博士说,"看来你们喜欢那样。我想,是时候做出一些保持尊严的行动了。"

"什么?"直立着的变异人问。

"他那是在跟我说话。"以撒奥迪亚领主嘶声道。

冰雪领主从暗处跃出,将战剑挥向巨大的半机械猛兽。惊人的一击命中了它的脖子,将它撂向一边。变异人发出一记闷声痛呼,在倒地的同时震怒不已。

贝尔惊声尖叫。

在以撒奥迪亚的剑落下之前,他的战士就已加入了攻击,从管道和工作站的掩体后面像坦克一样隆隆开出。索德带头冲锋,挥舞着带有倒钩的利斧。

变异人怒吼着亮出尖牙利爪,向前跃起迎击。

"艾米!"博士大叫,呼唤着艾米、塞姆威尔和贝尔,"让开!"

半机械怪物忙于应付火星人的突击,无暇顾及三个人类俘房。艾米、塞姆威尔和贝尔向博士所在的工作站冲了过去。

"趴下!"博士大喊,"躲起来!"

"我还以为我们死定了呢!"艾米大喊。

"还是有这个可能的!"博士回答,"到控制台后面去!情况会变得很糟!"

对战已然成了一场野蛮而残酷的丑陋乱斗。冰雪战士将所有的冷血狂暴注入了手中刀刃的每一记劈砍。

变异人用利爪划过鳞甲,撕扯回击。它们具有异常强健的体格,以抵御冰雪战士用来对付变异鼠的致命声波爆破枪。它们躲过了几乎所有凶狠的火星刀刃最深、最野蛮的劈砍。

以撒奥迪亚在发起最初的猛攻后,撤回了剑,结果发现他的目标早已做好了回击的准备。尖爪划破了他的披风,刺穿了他的胸甲和护肩。变异人露出了利齿,冲着他的脸庞扑来。以撒奥迪亚用战剑侧击那家伙强化过的颅骨,将它砸倒在地。它翻滚着又站了起来。

已经有一个冰雪战士倒下了,在地上躺着,或许死了。另一个挂了彩。尽管有动力,有决心,并且在数量上占据优势,可冰雪战士仍然赢不了这场战斗。

博士重新回到全息场里。

"罗瑞·威廉·庞德!"他大叫,"要是你还打算行动的话,现在赶紧去!"

议事厅里,变异人龇牙低吠着转过身。一个人类,一个瘦小的男子,在它忙着留意全息影像闯入者的时候,溜走了。

它嗅着追了上去。

"快跑,罗瑞!"维斯塔尖叫着。

罗瑞仅仅是在跑。他用温欧娜趁博士引开红眼野兽注意的时候偷偷给他的钥匙,打开了后门的挂锁,冲向密室舱门,然后将手掌按在了掌纹读取器上。

舱门打开了。他跑进一个由蓝色霓虹光照亮的地窖,让他想起了毫无特色的夜店。地面中央凸起了一座白色控制台。

他向它跑过去,用掌纹激活了它。

向导开启了。一整列数字化信息从高台中间像喷泉一般涌现出来,持续不断地生成一层又一层闪闪发光的全息影像:图表、数据区块、代码序列、文本和图像信息。

"噢,我的天。"罗瑞喃喃自语,随机按着各种按键,"有这么多东西!太多东西了!我甚至都不知道该从哪儿开始看起!"

他发了疯似的努力思索。博士的全息影像在身后大厅里,太遥远了无法去请教。他该怎样才能找出些什么?他要……

他绞尽脑汁。他试图冷静下来。会有多难呢?虽然莫芬人已经忘记了这个系统技术层面的内容,或许它就是被设计成一个对用户友好的多用途设备。

这应该不会比搞懂一个新笔记本电脑的基本功能或智能手机上的应用程序更难。与莫芬人相比,他拥有一个根本优势:基础交互技术对他来说已经习以为常。

他看着眼前层层叠叠的数据流。在那里面,他发现了一个小小的单个图标:

?

罗瑞伸手触碰了一下。

它消失了。令人相当费解的3D数据继续在他身边绽放,但那个"?"已经被两个更为简单的图标所取代:一只人类的手和一张人类的嘴。

他是想手动进入提问呢,还是用语音?

他触碰了那张嘴。

"说出请求。"向导的声音说。

"我需要你将整个向导的数据库权限开放给……"罗瑞犹豫了。到底是哪儿呢?红眼怪物是怎么说的?"……第二环境改造场,六层,作业管理指挥室C!"他叫道。他想起来了!

那个变异人像一只得了狂犬病的疯狗,龇牙咆哮着冲破了他身后的密室大门。

博士面前的控制台亮了,这让他不由得跳了起来。几乎无所不包的巨量信息显示在工作站的屏幕上,就像一道美味的大餐。

"罗瑞,好小子!"博士喊道。

"是他干的吗?"艾米问,从工作站后面探头看着屏幕,"是他吗?是他干的?"

"没错。"博士说,"他干得太漂亮了。我对他从来没有一丝怀疑。我有了向导电子手册的直接权限。"

"那是怎么回事?"艾米问。

"啊呀,"博士说,"内容还真不少。事实上,那么多信息足够……建造一个世界。一时难以消化。"

"你能用它做些什么呢?"她问。

"一般人可能要用好几天才仅仅浏览个大概,而且是在使用了不错的搜索工具的时候……"

"博士!我们没有好几天!"艾米大叫。

一个战斗中的冰雪战士从头上飞过,被一个龇着牙的变异人掷了个倒栽葱,这证明了她的观点。冰雪战士砸到观察窗上,玻璃碎裂了。它被弹开,落在了甲板上。领主以撒奥迪亚的战剑剑刃上已经出现了几个深深的缺口,而与他对战的怪物仍未显出丝毫疲态。

"我们的确没有,"博士同意,"而幸运的是,我可不是人类。"

罗瑞惊叫着躲闪,想将高台隔在自己与这个冲他龇牙垂涎的掠食者之间。

怪物龇牙低吠着,放低脑袋,弓着背,随时准备跳起。在过去这差不多一天所面对的所有死法中,罗瑞确信这将会是最不讨喜的一种。

维斯塔出现在怪物身后,用一把木槌敲在它的后脑勺上。那家伙叫唤着,暂时不再去盯罗瑞。

"你还带着那把木槌?"罗瑞惊讶地说。

"我觉得它或许会有用!"维斯塔回答道。

那怪物发出深沉的低吼,绕着他俩转圈。它绷紧身子,准备跃起。

杰克·达格特咆哮着冲进密室,将锄头的刃挥向变异人的大腿。这一击猛地将变异人撂到了墙上。莫芬人中个子最大的这位,拼尽全力顶在他那把农具的手柄上,将不断扭动挣扎、号叫着的野兽钉在了那里。

"快逃,罗瑞当选者!"他吼道,"带上维斯塔一起!看在向导的分儿上,赶紧逃!"

罗瑞并没有照做。杰克·达格特刚刚救了他的命。他跑到杰克身边,把自己的力道也加到这个劳作者的膂力之中。他们顶住锄头,满腔怒火地将变异人钉在墙上。维斯塔加入了他们,也使出了她的一份力。

"我们能坚持住!"罗瑞大喊,"我们能坚持住!"

农用器具的坚实手柄在诸多力量之下,支持不住,碎裂了。

"也许不能。"罗瑞说着,同维斯塔和杰克一起退开了。

"博士!"艾米大叫。

索德双手使出巨大的力量,将斧刃插入一个变异人的头骨,将它杀死了。但那实在是一个微不足道的胜利,而且来得迟了。以撒奥迪亚领主已经被打倒,受了伤。剩下的三个变异人就快要将一整队冰雪战士赶尽杀绝。

而其他的——其他几个变异人——刚刚出现在他们身后的房间入口,双眼闪着红光,脸上挂着钢铁微笑。

博士选中了向导数据库的一部分,将其置于桌面显示屏上。他那时间领主的头脑将它从海量的数据中挑了出来,就像谚语里说的:在干草垛里找到一根针。嗯,差不多是那样。他不想对艾米承认,他对所选的东西是否真是自己所需要的,只有五成的把握。

"你知道你在干什么吗?"艾米大叫。

"是的!"他回应道。

"你是真的知道,还是在见机行事?"她追问。

"这叫例行公事!"他回答。

他深吸一口气,手伸进口袋掏出音速起子。他冲着它吹了口气,放在双手之间一阵猛搓,仿佛准备为轮盘赌掷骰子。

"来吧,"他恳求道,"你这一天里已经歇得够久了!来吧,爸爸需要一个全新的星球!"

他将音速起子对准显示屏,按下激活键。

永伴我身边

什么都没有发生。

仅仅是这短暂的几秒钟,但对每一个相关的人来说,都宛若永恒。他们就在那生与死的边界上无助徘徊。

这时,变异人突然中止了正在执行的任务。它们停止了战斗,缩回钢爪,双眼的红光黯淡了,转身扔下了遭受重创、同时迷惑不解的冰雪战士,像猫一样冷漠傲然地溜走了。

密室里,变异人跳起来冲向罗瑞、维斯塔和杰克,将他们仰面扑倒在地,却没有杀死他们。他们抬起头,发现它悄声无息地经过他们,走掉了,一路穿过议事厅和外围的大门,接着轻快地小跑着穿越雪地,消失在黑暗之中。

"你们俩都没事吧?"罗瑞站起来问道。温欧娜止透过密室舱门紧张地望着他们。

"我以为我们死定了。"杰克说。

"习惯了。"罗瑞说,"我们就是这么酷。"

他们一起走回大厅。博士在全息场里冲着他们眉开眼笑。艾米、贝尔和塞姆威尔同博士在一起,还有刚刚遭受重创、数量惊人的冰雪战士。

"我重置了它们的授权许可。"博士说,"我是说那些变异人。这很简单,只需找到正确的取消指令就行了。"

"你做了什么?"罗瑞问。

"我取消了对它们的指令,让它们退回到非激活状态,回到休眠装置里去。回去睡觉。"

"所有的?"艾米问。

"所有的。"博士确认道,"而且我希望它们能在里面待很长一段时间。"

他朝罗瑞看过去。

"罗瑞,让你的朋友去告诉其他莫芬人,危机已经过去了。我得在这儿跟以撒奥迪亚领主私下交流一下,不过应该只是走个形式。然后我们会去'旁处'找你,好吗?"

"好的,博士。"罗瑞说。

"一切安全了,"博士说,"以撒奥迪亚领主不会再发动进一步袭击,是不是,以撒奥迪亚领主?"

冰雪领主过了一会儿才给出回答,但这只是冰雪战士常见的那种停顿。

"是的,寒冷蓝色星辰。"他回答。

受了伤的冰雪战士开始做简单的休整。艾米、贝尔和塞姆威尔试着提供一些帮助,但他们并不清楚火星人的生理构造,而且那些巨型绿色外星人先前大部分时候都在追杀他们,现在让他们靠这些杀手这么近,他们还是有些害怕。

"我究竟为何要放弃自己对于这个星球的追求?"以撒奥迪亚领主问博士。

"因为这样做非常光荣。"博士回答,"你们有飞船,去其他地方吧。"

"因为你为我们打赢了这一仗?"冰雪领主说。

"是吧,"博士回答,"我猜,我的高尚行为能获得你们的报恩——你们的尊重。但在我们还没有开始这场战斗之前,我就已经告诉过你,为什么你们应该放弃'此后',不要去打扰莫芬人。"

他朝控制台走过去,向导数据库密集的信息集群在不断地闪烁运转着。

"你正试图重建你们的文明,以撒奥迪亚。"他说,"那很好。归根结底,冰雪战士帝国是这个宇宙中的积极力量。只有少数情况下,你们才会站错位置,或者忘记去做正确的事。"

冰雪领主没有回答。

"去重建吧,以撒奥迪亚,"博士说,"重建你们的世界,重建你们的种族,重振你们的帝国。全部重建。但也一定要重建你们的思想观念。重建那些让你们成为伟大光荣的银河系力量的最初的原则。不欺侮弱者。不掠夺无助者。不杀害无辜。成为一股向善的力量,而不是自私的力量。"

博士从向导中选取了一些数据,将它们扩展成全息形式。

"最初的莫芬人对这片星系附近的区域做了很好的勘测。"他说,"我只是简单地了解了一下,结果非常有意思。他们之所以选择'此后',是因为它无疑是这个星区中最像地球的世界,但却不是最像火星的世界。看到这里没有?"

他指向星图中的一颗星星。他的指尖探进全息影像之中,看上去就像是在水面上写写画画。

"阿怆斯[1]881,距离这里大约八光年,完全不适合人类,又恰好在你们飞船的航程范围内。以撒奥迪亚,我碰巧知道,在大约九千年以后,伊克森蒙斯王朝最重要的领地之一就位于那里。那里是整个星区的首都,著名的文化与权力中心,将由一位能力格外出众的名叫艾泽莱克斯的督军掌管。要是我没记错银河系迁徙纪元的话,那应该是一个在近期即将建立的殖民星。"

以撒奥迪亚研究了一会儿星图。

"阿怆斯881,"冰雪领主喃喃道,"从研究结果看,那似

---

[1]. 原文为Atrox,拉丁语,有"可怕、严酷"之意。

乎是……一颗寒冷蓝色星辰。"

"无疑是一颗'寒青星',以撒奥迪亚。"博士说,"或许艾泽莱克斯领主给我起这个绰号的时候,唤起了另一段完全不同于我的回忆,或许他记起了什么我还没有做的事情。"

"你不留下吗,博士?"比尔·格荣问。

许多莫芬人聚集在温暖舒适的议事厅,喧闹之中充满了由衷的欢欣。

"我们很乐意,"博士说着瞥了一眼身边的艾米和罗瑞,"不过……我们休息之前还有不少路要赶。要折腾好一阵子呢。"

"还有很长的旅程等着我们。"罗瑞说。

"可你们大老远地为我们的节日送来祝愿。"维斯塔说,"大老远地从你们的种植区过来,不管那在什么地方。"

"我想我们已经给了你们足够多的祝愿了。"博士说,"你们需要时间来清理残局。你们有重建工作要做,当选者。有些人失去了至亲。你们经历了一场危机并且幸存了下来,但仍然面对整个严冬的威胁。事实上,是好几个严冬。稳定场的运作已经趋于平稳,但它们要花上好些年才能缓和气候,将这里带出冰川模式。这期间,你们只好继续梳理羊毛,编织衣物,收集柴火。但你们会做得很好的。你们一向如此。只需要辛苦工作一段时间,你们就能熬过去。我知道你们不怕吃苦。"

他看着太阳灯下一张张望着他的脸庞。

"庆祝你们能幸存下来，"他说，"不断地庆祝下去。这个种植区的长者们，比尔和温欧娜，还有其他人，他们知道，他们将有崭新的一代传递薪火。"

贝尔站了起来。她的位置在前排，并且在塞姆威尔和维斯塔的中间。

"在节日里给祝愿者送礼物，是我们的传统。"她说，"今年发生了这么多事，我们没有什么可提供的。但我们想让你至少能拿回这个。"

她将博士装了通灵纸片的钱包递还给他。

"极好的选择，"他说，"我总是很喜欢时不时带一些在身边。我也有礼物给你。事实上，是给所有的莫芬人。"

他看着他们。

"我自作主张，"他说，"稍稍重置了一下你们的向导。别担心，温欧娜，我没有瞎摆弄。我只是整理了用户界面，以便你们全都可以访问它。你们会发现它好用多了。尽管问它问题好了，那里面有各种各样的信息。它能给你们很大帮助，应该能让你们在这儿的生活以及你们对殖民星球的开发相对轻松一些。它会帮助你们建造并完善你们的家园。"

他停顿了一阵。并不是冰雪战士的那种漫长停顿，尽管如此,那也是一个停顿。

"我还……"他说,"重置了休眠系统的参数。病人们都在沉睡。你们想要他们睡多久,他们就会睡多久。等'此后'万事俱备那天,你们可以决定是否将他们唤醒。"

"要是让我来决定,"罗瑞说,"我会让他们永远睡下去。"

"要是让我来决定,"艾米说,"我会把插头拔了。"

"这由不得你俩来决定,"博士说,"这取决于莫芬人。他们或许会觉得,留着亲族一直那么睡下去,未免有些残忍。他们或许认为,让他们永远怀揣美梦会更仁慈。"博士转而对莫芬人说,"重要的是,你们是不是决定将他们唤醒,那将由你们说了算。你们将拥有绝对的控制权。他们不会再像这次那样,醒来以后心怀恶意,而且武装到牙齿。你们可以让他们苏醒,你们可以告诉他们新世界是如何运作的,以及他们在其中可以扮演什么角色。"

他耸耸肩。

"我知道,这谈不上是什么礼物。"他说,"但商店都关门了。"

于汝无梦沉睡中

离破晓大约还有一个小时。向导的钟声很快就会敲响。天空几近紫红色,星星全都出来了。目力所及之处,都是白茫茫一片。景致中唯一的瑕疵,是火灾后高处树林里升起的淡淡薄烟。不过,"将林"早晚会长回来的。那儿还会是一片树林。

三人在山谷的顶端停住,转身往山谷下的小镇看过去。灯火在冷冽的夜空中微微闪烁。

"看上去像个圣诞节了。"罗瑞说。

"真的?圣诞节一样的?"艾米问。

"圣诞节风格的。"博士说。

他们一路跋涉,抵达来时的斜坡,塔迪斯仍然耐心地斜立在那里。

"我发现我们没有拿到礼物。"艾米说。

"我给你们礼物。"博士回应道。

"是吗?"艾米问。

"我会得到什么?"罗瑞问。

"你来驾驶。"博士说。

"真的?"罗瑞兴奋地说。

"一小会儿吧。在我的监督之下。"博士说,"我是说,当务之急显然是回家过圣诞,否则你俩永远不会让我消停,因此我认为应该由罗瑞来驾驶。他有决心。他能为我们找到圣诞。"

"我可以吗?"罗瑞问。

"你是个聪明人,罗瑞。"博士说。

罗瑞得意地搓搓手,带头走进了塔迪斯。

"那我能得到什么呀?"艾米问。

博士转向她,并把手伸到大衣口袋里,掏出什么东西给她。

一只连着一截松紧带的并指手套。

"这正是我一直想要的。"她小声说。

"真的?"他问。

"闭嘴,我要哭了。"她吸吸鼻子。

"圣诞快乐,庞德。"博士说。

"你知道,这并不是真的圣诞节。"她跟着他进了塔迪斯。

"胡说。"博士回应道,"这就是时间旅行的伟大之处。总有什么地方在过圣诞。"

门关上了。

过了一会儿,塔迪斯抖了一下,只听得一阵嘎吱作响,伴随着低沉的轰鸣声,警亭顶端的灯开始像一颗寒冷蓝色星辰闪烁起来。伴着颤抖的噪声，塔迪斯开始变得若隐若现。

就在这蓝色警亭消失之际，奇异的声响也随之淡去。远处天空中，一道亮光在夜空中闪过。

要是他们仍然站在那里，乘坐塔迪斯的三位旅行者，或许能最后一次望见头顶寂静星辰飞过。

致　谢

　　感谢贾斯汀·理查兹、斯蒂夫·特赖布和尼克·文森特的慷慨帮助及鼓励。